Dieses Buch enthält zwei Kurzromane und weitere Erzählungen.

Stefan Burchert ist Lehrer für Gymnasien und leitet Literaturseminare mit dem Leittitel „Geschichten und Romane selbst schreiben".

Angeregt durch die Kursarbeit, hat er selbst einige Texte geschrieben und in dieser Textsammlung zusammengefaßt.

Stefan Burchert

Wanderung im Teutoburger Wald

Iris auf Abwegen
oder
Ein Streifzug durch die Literatur

Zwei Kurzromane
und andere Erzählungen

Stefan Burchert
Verlag

© Stefan Burchert Verlag, Barmstedt 2001
Alle Rechte vorbehalten.
www.BaLit.de
Umschlag und Illustrationen: Katharina Matthies
Bild, S. 33: Kirsten Blanck
Herstellung: Books on Demand GmbH, Norderstedt
ISBN 3-8311-2966-5

Inhalt

Wanderung im Teutoburger Wald

Frei erfunden

1

Sie war also tatsächlich mitgekommen, zusammen mit Lydia. André machte für Petra Räuberleiter, und sie kletterte den Schiefervorsprung hinauf. Danach klimmte sich Lydia auf dieselbe Weise nach oben. André schaffte es mit seinen Spezialschuhen selbst.

Das meiste war mit Wegen erschlossen, aber von Zeit zu Zeit mußten sie eine kleine Klippe selbst heraufklettern. Aber gerade das machte ihnen Spaß. Zwar war man nicht in den Alpen, aber hier im Teutoburger Wald ließ es sich auch gut bergwandern.

Lange hinaufführende Wege, an den Seiten Aufwärtshänge mit hervorstehenden Schieferplatten – Dachpfannen umsonst.

Ab und zu, wenn die Wege enden, klettern sie einen Hang hinauf. Erde bröckelt ab, kleine Steine schliddern herab und prasseln auf den Weg. Petra reicht André die Hand und zieht ihn hinauf.

An solch einer Stelle war man eben jetzt angekommen. Vor ihnen ging Wald weiter nach oben. Gegen abrutschende Erde sind die von oben kommenden Weghänge hier überall mit kleinen Steinmauern -

etwa in Hüfthöhe - eingefaßt. Gras und Moos wächst zwischen den Steinen hervor.

Ein Schild wies links zum Silberbachtal, rechts zum Berggipfel. „Wo müssen wir lang?", fragte Petra Lydia. Lydia meinte: „Laß uns doch auf den Berg, ins Silberbachtal kommen wir danach noch automatisch. Der Berg heißt zwar Velmerstot, aber er soll laut Wanderführer der schönste Gipfel in dieser Gegend sein." „Wir werden's überleben", sagte Petra und forderte die anderen auf, in Richtung Berggipfel zu wandern. Es war noch am Morgen, und sie hatten den ganzen Tag vor sich. André schob sich den Rest seines Snickers in den Mund und verstaute die Verpackung unter einem Rucksackriemen.

Sonne drang sparsam durch die dunkle Blätterdecke, sie machten sich auf den Weg.

Auf einer Holzbrücke, die über eine recht abgründige Tiefe führte, machten sie Halt. Lydia kaute Kaugummi, André spuckte hinunter.

Es dauerte eine ganze Weile, bis die Spucke versprenkelt den kleinen Bergquell erreichte. Eine umgestürzte Tanne lag halb über die Schlucht hinüber.

> Dunkle Tiefen schwindeln hinab
> Und drohen vom Grunde hinauf,

steht auf einem kleinen Messingschild vermerkt.

André repetiert mit grausiger Stimme diesen Vers, und ein Funkeln zieht sich über Petras braune Magieraugen.

Lydia, lässig zurückgelehnt, sich am Geländer haltend, wirft das Wrigley's hinterher. Sausend wird es von dem Strom mitgerissen. Schlendernd, den Blick auf ihre Schuhe gewandt ("Sitzt das Schnürband auch richtig?"), macht sich Lydia auf den Weg, und die anderen beiden folgen ihr sinnierend nach.

„Jetzt finde ich es doch gut, daß ich mitgekommen bin", sagte Petra zu André, „Wandern kann wirklich Spaß machen. Gut, daß du mich überredet hast." André freute das. „Guck mal, die Schieferplatte da hinten, die sieht aus wie eine Tafel."

„Ja, da müßte man drauf malen können", erwiderte Petra. Sie nahm ein kleines Schieferstück und malte damit auf der Platte, die schräg aufwärts am Wegrand hervorstand. Mit ihrer geübten Hand malte sie ein Reh, André brachte nur seine einfachen Strichzeichnungen zustande. Haus mit Weg und daneben vielleicht noch einen Baum. Petra schrieb ihren Namen neben ihr Bild. Dann langte sie schräg zu Andrés Bild hinüber und schrieb „André" daneben. Lydia kriggelte das Haus vom Nikolaus, stieß mit dem Fuß ein paar Sandbrocken los. Sie guckte durch die Blätter zur Sonne hinauf und schob ihre Schirmmütze ins Gesicht.

Wieder unterwegs, hängte sich Petra bei Lydia an die Schulter und sagte: „Du mußt mich jetzt tragen."
„Ach Petra, bist du schon schlapp, du armes Kind?"
„Ja, Lydia." „Dann haken Sie sich ein, meine Dame."
Sie trippelten weiter und André in seinem Holperschritt hinterher. Jetzt kickten die beiden Damen kleine Steine vor sich her. André klemmte die Daumen unter die Rucksackriemen und tat es ihnen nach.
„Komm´, hak dich ein", sagte Lydia zu André. Er klemmte seinen Arm unter, und zu dritt gingen sie den Kiesweg hinab.

Im Silberbachtal angelangt, setzten sie sich an den Rand eines kleinen Wasserstromes, der da vor sich hin plätscherte. Das Ufer war mit Gras und feinem Moos bewachsen. Ein Stück weiter zeigte sich sogar ein kleiner Wasserfall, an dem das Wasser rasant, leicht um die Kurve hinuntersauste. Zwar nur etwa einen Meter, aber immerhin.
Das Silberbachtal hatte zurecht seinen Namen; das Wasser, wie es hier entlangzwirbelte, sah wirklich silbern aus. (Obwohl der Silberbach in diesem Abschnitt eigentlich Kattenbach hieß, wie André wußte.)
Von oben kam klares Sonnenlicht, das sich durch die verschiedenen hellen Grüntöne brach.
Lydia krempelte ihre Hose hoch und ließ die Füße ins Wasser baumeln. „Ist das erfrischend", sagte sie und lehnte sich zurück. Petra holte ein paar Schnitten aus

ihrem Rucksack („Stullen" heißt das bei ihr eigentlich) und reichte den beiden eine davon zu. Sie schraubte die Trinkflasche auf und nahm einen Schluck Wasser, das sie noch zu Hause im Kohlensäure-Aufbereiter fertiggemacht hatte. André nahm einen Schluck, das heißt einen Strohhalmzug, aus seiner „hohes C" Unterwegs-Pappbox. Unten in der Packung schlürfte es bereits, und sie zog sich etwas zusammen.

Petra streifte sich jetzt die Ärmel ihres weißen ripshirts über die Schultern. Das brachte André immer ganz durcheinander. Dann klemmte sie sich die dunkelbraunen, fast schwarzen Haare mit der Sonnenbrille über der Stirn fest und ließ wie Lydia ebenfalls ihre Füße ins Wasser baumeln.

André verzehrte sein Brot, schlürfte noch den letzten Schluck Orangensaft und watete dann barfuß ein bißchen durch den Bach.

„Guck mal Petra, wie ein Fischer sieht er aus", sagte Lydia, daß Petra lachen mußte. „Wie bayerische Breeches sieht seine hochgekrempelte Cordhose aus", fand Petra. Lydia meinte: „Aber süß ist er, mit seinen lockigen Haaren". Petra ließ ihre Füße weiter im Wasser baumeln.

Als sie weitergehen, zeigt sich am Wegrand ein großer Ameisenhaufen. Petra wirft ihren Apfelrest hinein, und ein Gewirr von Ameisen stürzt sich darüber. „Störung eines natürlichen Ökosystems", war dabei zu denken.

Dem Namen des Baches angepaßt, kamen sie nun zur Kattenmühle. André hatte sie beiläufig hierhergeführt. Er kannte einen Teil ihrer Wanderroute von Altenbeken nach Osnabrück, die sie in den zehn Tagen zurücklegen wollten. Ein Mühlrad drehte sich im Gleichmaß, und auf der angeschlossenen Restaurant-Terrasse aßen ältere Damen und Herren Schwarzwälder Kirschtorte oder Apfelkuchen mit Puderzucker oben drauf. Die Herren, auch mehrere Damen, in grünen Wanderbreeches, so wie es sich für eine Wandergruppe gehört. Normalerweise würde Petra so eine Gruppe komisch finden und auf alle anderen Gedanken kommen als den, sich unter diese zu mischen. Aber jetzt war man mittendrin, ohne weiteres akzeptiert. „Guck mal, junge Leute, die der Wanderlust frönen", schienen sie sich zuzuraunen und empfingen die drei mit freundlichem Blick und einladenden Gesten. Zur Seite wurde gerückt. Da die drei Wanderer ebenfalls Hunger auf Apfelkuchen hatten, bestellten sie sich einen, mit Kakao, André mit Kaffee.

Von fern konnte man sehen, wie sie mit zwei älteren Herren ins Gespräch kamen. Diese deuteten mit ihren Wanderstöcken mal in die eine, mal in die andere Richtung. Jetzt lachten die beiden jungen Damen sogar. André hob sein Bier und stieß mit den beiden Wandersherren an.

Bevor André, Petra und Lydia ihr Nachtquartier erreichten, kamen sie noch an einer alten Silbermine vorbei. Inzwischen wohl stillgelegt, ein altes Holzschild wies aber noch auf die Mine hin.

André wandte sich an Petra: "Darf ich Ihnen dieses Stück von Silber reichen?" „Ach, du spinnst!", wies Petra seine Gabe zurück. Aus Wrigley´s-Aluminiumfolie hatte er einen Brillanten geformt, oder war es gar ein Smaragd?

Finanziell von ihren Eltern unterstützt, konnten sie es sich leisten, in Wanderherbergen zu übernachten. So auch heute, in der Nähe von Horn - Bad Meinberg. Petra und Lydia in einem Zimmer, André für sich.

2

Am nächsten Tag sahen sie von einer Anhöhe aus, zwischen Baumwipfeln hindurch die „Externsteine", wie Lydia aus dem Wanderführer vorlas. Wundersam freigelegte Felsen, die wie abgelegt und nicht abgeholt zwischen der Heide herumstehen. Wie im Lucky-Luke-Film die sporadisch verteilten, erodierten Steingetüme in der Wüste Nevadas.

„Wollen wir da hin?", fragte Lydia. „Ach laß", erwiderte André, „das kommt mir alles zu deutsch-national überhöht vor". „Du mußt nicht immer alles so politisch sehen", sagte Lydia und fügte hinzu: „Ich möchte mal wissen, was an den dämlichen Steinen deutsch-national sein soll. Aber laß´ uns weiter, mir gefallen die auch nicht so besonders."

An der nächsten Wegkreuzung mit dem Wegweiser „Hier zu den Externsteinen" trafen sie zwei Wanderinnen, die von daher kamen. Petra kam mit den Mädchen ins Gespräch. Aus Lübeck seien die und durchwanderten gerade den Teutoburger Wald. „Das paßt ja gut", fand Petra und schlug vor, sich zusammenzutun und gemeinsam weiterzugehen. Lydia gefiel das auch, zumal sie Bekannte in Lübeck hatte. „Anja" und „Carina" waren die Namen der beiden neuen Wanderkumpaninnen. Carinas Onkel, in hoher Stellung bei einer berühmten Marzipanfirma, hatte ihnen die Reise zum Abitur spendiert, das sie gerade absolviert hatten. Bis dahin war es für unsere drei Wanderer noch ein Jahr hin. „Habt ihr es gut", seufzte Petra. Anja wolle Medizinisch-Technische-Assistentin werden, MTA, und Carina Mineralogie studieren. „Interessant", fand Lydia.

„Und wer ist euer charmanter Begleiter?", fragte Carina.

„Das ist André, unser Wanderführer, kennt hier jede Klippe, jede Furt."

„Na hervorragend, dann kann es ja nur gutgehen", sagte Carina.

An einem See charterten sie ein Ruderboot. André, ganz Gentleman, außerdem darin kundig, setzte sich ans Ruder. Anja und Petra nahmen ihm gegenüber Platz, Carina und Lydia hinter ihm (das heißt, eigentlich vor ihm, denn der Ruderer sitzt ja rückwärts).

Wenn eine Ente unvermutet aus dem Wasser losflatterte, drehte sich Petra zur Seite. Dabei glitt ihr halblanges, glattes braunes Haar über Nacken und Schulter.

Jetzt fing Carina an, mit Wasser zu spritzen. Anja und Petra verbargen sich in Andrés Windschatten. Dann fingen auch sie an zurückzupritschen, so daß André schließlich die Ruder losließ und nach hinten ans Heck flüchtete. Carina war immer noch ungebändigt. Dabei kam das Boot so ins Schwanken, daß Carina mit dem Kopf zuerst ins Wasser fiel.

Vor Wasser triefend, einschließlich ihres mintfarbenen Tops, stützte sie sich auf die Bordkante. Das Wasser lief in Strömen ihre langen dunkelblonden Haare hinunter ins Boot. Wir zogen sie hinein. Sie platzte vor Lachen und durchnäßte alle gleich mit.

Am Ufer legten sich die fünf etwas in die Sonne, die heute wieder am unbewölkten Himmel stand. Lydia lehnte sich zurück und schob ihr Baseball-Cap in die Stirn.

Später spielten Lydia, Petra und Anja Skat. André hatte es schon manchem in Schulpausen beigebracht, das zahlte sich jetzt aus.

Carina wendete sich André zu und legte ihre Arme quer über ihn.

„Du liebst Petra, nicht wahr?", sagte sie. „Woher willst du das wissen?", antwortete er. Carina sagte: „Ich glaube, Petra hat noch viel vor, ich meine beruflich". Sie strich ihm über die Stirn und Augen, und er fühlte eine unglaubliche Entspannung.

Nach einer Weile äußerte sie: „Ich will Mineralogie studieren und habe heute schon damit angefangen, bei den Externsteinen".

„Schön", fand André.

Carina und Anja zelteten in freier Wildbahn. Petra sagte: „Ist das nicht doch ein bißchen gefährlich, wollt ihr nicht ...?". „Ach was", beruhigte Carina sie, „das geht schon".

Man machte ab, am nächsten Morgen zusammen weiterzugehen.

3

Am nächsten Tag trafen die fünf Wanderer einen Mann mit Bart. Sein Alter war nicht bestimmbar. Er saß auf einem Felsblock und guckte in die Gegend. Von hier aus hatte man eine weite Aussicht, bis hin zum Hermannsdenkmal. Neben sich hatte er einen Rucksack und eine Gitarre liegen. So hatte der Religionslehrer in der Schule charismatische Wanderprediger beschrieben.

Lydia sprach ihn an, wobei sich herausstellte, daß er aus Lübeck kommt, Künstler ist und ganz offiziell eine Genehmigung hat, unter dem Holstentor seine Bilder zu verkaufen. Die Lizenz habe er zur Zeit aber einem Freund geliehen.

„Spiel' doch mal auf der Gitarre vor", forderte Carina ihn auf.

„Na gut, aber nur, wenn ihr möchtet."

„Ja, los", sagte Petra. Er sang „Father & Son" von Cat Stevens. Das hatte André noch gefehlt. Er sah ja ein, daß das melodisch klang, aber er hatte mit dieser Leiermusik abgeschlossen. Früher war diese Art Musik zu Hause rauf und runter gelaufen; das war für ihn als eine Art Urzeit abgehakt. Nicht, daß er alle Musik ablehnte, die in seinen jungen Jahren aufgelegt wurde, aber eben diese Rubrik. Wenn er nur bedenkt: Die „Rolling Stones" waren damals das absolut denkbar Härteste, obwohl dem Leiern oft selbst nahestehend.

Ihn interessierte mehr Rockmusik, schließlich spielt er selbst Gitarre. Irgendwann von AC/DC mitgerissen worden. Denen würde er, bei allen Modifizierungen seines Gehörs, bis zur Rente Treu bleiben, das war für ihn klar.

Die Mädchen aber schmolzen jetzt zur Gitarre des Philosophen dahin. So eine Lagerfeuergitarre muß eine magische Wirkung auf junge Damen haben, dachte er. Wo kommt das bloß her? Naja, dieses leicht Melancholische – für André äußerst aufdringlich – sog sie wohl in ihren Bann; so wie die Sirenen den Seeleuten den Kopf verdrehen.

Nachdem der Philosoph mit dem Lied geendet hatte, fragte André: „Was hast du denn noch so im Programm? Vielleicht ´Barclay-James-Harvest´; ´Crosby, Stills, Nash & Young´; Simon & Carfunkel und als absoluten Hit Don Mc Lean mit ´American Pie´? (Zuletzt neu aufgelegt von Madonna im ´Blümchen´-Sound.)

Der Philosoph antwortete: „Ja genau solche Sachen, woher wußtest du das?" „Ich kenne meine Pappenheimer", versetzte André.

„Komm´ André, jetzt wirst du gemein", sagte Petra. „Find´ ich auch", bestätigte Carina, „spiel´ lieber noch mal ´Yesterday´, bitte!", forderten sie den Philosophen auf.

„Na gut, wenn ihr unbedingt wollt", sagte der Philosoph und begann zu spielen.

Irgendwann war das vorbei, sie gingen weiter und nahmen ihn mit auf ihre Wanderschaft. Noch immer wurde er von den Damen umgarnt, ihre Gesprächsthemen schienen unerschöpflich.

Nur Anja interessierte das nicht, sie ließ sich mit André etwas zurückfallen und erzählte aufgeregt von ihrem ersten Erste-Hilfe-Kurs, den sie demnächst leiten würde.

Als es bereits dämmerte, machten sie auf einer anderen Anhöhe Halt, auf der mehrere Bänke standen. Die Wanderer waren jetzt dem Hermannsdenkmal recht nahe gekommen und blickten durch eine Lücke in den Baumwipfeln auf es herab.

Der Philosoph sagte: „Recht beeindruckend, wie die untergehende Sonne die Statue in rotes Licht taucht ... Okay ..., Politik hin, Politik her", ihn beeindrucke das.

André, der sich in diesem Äther nicht recht wohlfühlen wollte, erwiderte: „Unser Wipo-Lehrer meinte mal, daß der Staat samt Politik lediglich zur Konkursmasse der baldigen Endkatastrophe gehöre, aber noch seine Funktion erfülle. Keine Ahnung, wo er das her hat."

Lydia mußte lachen und legte ihm beruhigend den Arm auf die Schulter: „Ach André, du bist einmalig."

André meinte, daß es Zeit war, weiterzugehen. Schließlich wollten sie noch ihre Unterkunft am Donoper Teich erreichen; auf der Karte lag ihr Ziel links von Detmold. Der Cousin seines Vaters leitete da ein Restaurant, und der hielt für die heutige Nacht eine Unterkunft für drei Personen bereit. Der Schlüssel liege unter der Fußmatte.

Nun war der Philosoph wieder einmal dran: „Meine Damen, wissen Sie eigentlich, daß der Donoper Teich 'Dunkles Auge' genannt wird? Nachts steigen hier dunkle Wesen empor und greifen sich schöne Grazien". Den „Damen" schauderte, Carina hielt sich gar an ihm fest. Ein Uhu lugte durchs Geäst.

Dann sagte er zu André: „Übrigens, junger Mann, wußten Sie überhaupt, daß ihr die meiste Zeit eurer Wanderung auf dem Hermannsweg, also kriegerischen Pfaden, wandelt?"

André erwiderte: „Wir machen uns lediglich die Rudimente militärischen Blödsinns zunutze."

„Warum mußt du immer so sachlich verbissen sein?", versetzte Lydia.

„Ich bin nicht sachlich verbissen, ich bin nur romantisch", gab André zur Antwort.

Der Philosoph ließ für einen Moment die warme Wohnlichkeit der kleinen Blockhütte in sich strömen, sah dann aber ein, daß er sich jetzt sein Nachtquartier suchen würde. Petra reichte ihm eine Schnitte mit Käse.

4

Unsere Wanderer waren inzwischen von Altenbeken aus, über Horn - Bad Meinberg, vorbei an Detmold und Oerlinghausen bis in die Gegend von Bielefeld gelangt. Heute war der sechste Tag ihrer Wanderung. Sie hatten verschiedene Städte passiert, waren jedoch in Wald und Natur geblieben.

An diesem Tag kamen sie zu einer Burgruine aus hellen Steinen. Man konnte hineingehen und die Treppen zu dem Ausguck hinaufsteigen. Sie hatten einen weiten Ausblick auf die steil abfallenden Bergkämme des Teutoburger Waldes und des beginnenden Wiehengebirges. Davor begann sich Flachland zu erstrecken.

Vor der Burgruine lagen Grasterrassen, wie man sie aus Erdkundefilmen über Südamerika kannte. Hatten nicht schon Inkas auf solchen Terrassen ihr Gemüse angebaut?

Auf einer dieser Terrassen sahen sie einen Wanderer sitzen, lässig an Rucksack und Terrassenwand gelehnt und den Hut in die Stirn geschoben. Sie stiegen den Burgturm hinab und statteten ihm einen Besuch ab. Er kaute gerade an einem Grashalm. Lydia sprach ihn an: „Was hängst du denn hier rum?" „Ach, ich ruhe mich ein bißchen aus, ich habe gar nicht gemerkt, daß ..." „Schon gut, können wir uns ein bißchen zu dir setzen?", fragte Lydia.

„Ja gerne, ein bißchen Abwechslung kann ich gut gebrauchen. Was macht ihr denn eigentlich hier?"

„Wir sind auf Wandertour und gucken uns gerade diese Burg an", sagte Petra. „Ja, die kann ich euch nur empfehlen, ein gutes Teil", antwortete er.

Auf dem Weg, denn er begleitete sie, erwies er sich als genügsamer Wanderkollege. Gelassen ging er mit ihnen Kilometer um Kilometer, ab und zu kleine

21

Konversationen einstreuend. Ihm lag es zu wandern, er war schon oft auf Touren unterwegs gewesen. Mal gemeinsam mit anderen, mal alleine und mal mit Leuten wie ihnen. Seine Nase sah ein wenig rot nach Wein aus, aber das tat seiner Freundlichkeit keinen Abbruch.

Am heutigen Tag entpuppte sich die Wanderung allmählich als anstrengend. Alles war hier, in der Gegend von Lämershagen, ziemlich sandig. Kiefern stehen auf sandigem Grund, der warme aber recht starke Wind weht Sand aus dem trockenen Heidetal den Bergkamm hinauf, daß sie sich die Augen reiben müssen. Allmählich bemerkten sie, daß sie ausgerechnet heute nicht richtig auf die Getränke geachtet hatten. Anja und Carina hatten gar nichts mit, Karsten, der neue Wanderkollege, hatte noch eine halbe Flasche Kirschsaft und einen Kümmerling dabei. Lydia besaß wie André noch einen Rest in ihrer 0,33 Selterflasche und selbst Petra, die Wasserexpertin, hatte nur noch eine 0,33-Flasche, allerdings voll. Einen Kiosk oder Ähnliches gab es hier in der Gegend nicht.

Viele Reiterinnen sind hier unterwegs, sausen die Pfade auf und ab. Es trappelt richtig, und an steilen Stellen, die Reiterin zieht die Zügel an, wiehern die Pferde. Die Pferde rutschen ein, zweimal mit den Hufen im Sand zurück und rucken dann die Steilpassage hinauf.

Die Wanderer setzen sich an den Rand des Bergkamms und haben Blick auf die Heide. „Endlich mal wieder freie Sicht, dauernd stehen Hügel und Berge im Weg", findet Anja. Im Flachen fängt für sie die Welt an, da kann man sie sehen. In den Bergen ist der Blick auf die Welt versperrt, hat sie das Gefühl.

Auf einem Heideweg sehen sie ein Mädchen auf einem Pferd reiten, hinter ihr fährt ein kleineres Mädchen mit dem Fahrrad. Sie will nachher auch noch einmal drankommen.

Karstens Flasche mit dem Rest Kirschsaft kippt um, der Saft versickert im Sand.

Auf den 6 Kilometern Weg bis zur nächsten Wasserstelle spielen sie im Gehen ein Karten-Ratespiel, das Karsten dabei hat. Wie lange dauerte der Siebenjährige Krieg? Diese Frage steht nicht in den Karten, und Karsten mag diesen Scherz selbst nicht, kann ihn aber immer wieder nicht lassen. Jedenfalls lassen seine eingeschobenen Fragen die Wanderer gänzlich weich in den Knien werden.

Am Abend, Getränke hatten sie wieder auffüllen können, sahen sie von einer Burgeszinne aus auf die Skyline von Bielefeld, und heute faßten sie den Entschluß, sich einmal ins Stadtleben zu begeben. Karsten kannte da eine Kneipe. Im Geselligen kannte er sich aus, in erhabener Dichterstimme konnte er den Versreim darbieten, der auf jeder Jägermeister-Flasche steht:

Das ist des Jägers Ehrenschild,

daß er beschützt und hegt sein Wild,

weidmännisch jagt,

wie sich's gehört, [...].

Bis auf Carina beschränkt sich jeder aus dieser Gruppe im wesentlichen auf das Trinken von Nichtalkoholischem, aber diesen Spruch ließen sie sich immer wieder vortragen. Einmal erstarrte Lydia in Hochachtung vor der künstlerischen Darbietung, ein anderes Mal drohte sie, unter den Tisch zu fallen. Petra gönnte sich an diesem Abend sogar einen Schnaps.

Die Damen überredeten ihn, am nächsten Tag weiter mit ihnen zu wandern. Wenn man ihn so freundlich bitte, könne er das wohl kaum ausschlagen.

5

Im Tierpark Olderdissen - keine Tiger und Giraffen, aber Steinböcke, Heidschnucken, Waschbären und Rehe – erwies sich Karsten als sehr tierfreundlich. Er hatte eine zeitlang bei Hagenbeck gearbeitet und da die Seelöwen betreut. Jetzt streichelte er eine Gemse, von denen mehrere zu uns auf den Weg kamen, und gab ihnen Automatenfutter in den Mund. Carina nahm Schwung und verstreute in einem Rutsch eine ganze Packung Futter hoch in die Luft, daß die Ziegen wild umherrannten.

Am Nachmittag kamen sie inmitten des Waldes zu einem stillgelegten Fernsehturm. Von oben aus konnte man bis nach Bielefeld hineinsehen. „Rechter Hand sehen wir eine hervorragende Gaststätte, mit einer Belegschaft zuverlässig in Service und Gastfreundlichkeit", verkündete Karsten im Stile eines Stadtführers. Tatsächlich ließ sich der gestrig-abendliche Ort als schwacher Punkt erahnen.

In anderer Richtung sahen sie den Tierpark, Bergziegen eilten raschen Schrittes einen Steinfelsen hinauf.

Am darauffolgenden Tag, bei den Ruinen der Burg Ravensberg, verabschiedete sich Karsten von ihnen. „Bei einer Burg habe ich euch getroffen, bei einer Burg will ich euch verlassen." Sie gingen die Wendeltreppen hinauf. Oben auf der Umrandungsmauer des Burgturmes waren richtige Burgzinnen wie im Ritterfilm. Als die Wanderer wieder hinabgestiegen waren und aus der Lichtung in den Wald einbogen, winkte er ihnen von oben kurz zu, hob leicht seinen Hut an.

Am nächsten Tag folgten sie einem Wegweiser zum „Blauen See", sie erreichten ihn und sahen einen gänzlich grünen See. Naja, es war mitten im Sommer, und da hatten sich bereits viele Algen gebildet. „Paßt mal auf Kinder", sagte Carina, die Mineralogin, "blau ist der See selbstverständlich nur bei der Schneeschmelze, wenn unendliche Wassermassen hier hinabstürzen. Die spezifische Zusammensetzung der Mineralien im Wasser dieser Gegend ergibt dann die blaue Färbung. So einfach ist das". „Du kennst dich ja richtig aus", wiegte Lydia anerkennend den Kopf.

Am Nachmittag wanderten sie in der Flachebene an einem kleinen Fluß entlang. Vor ihnen näherte sich die Autobahn. Wo konnte man die überqueren, war hier in der Nähe irgendwo eine Brücke? Da fiel ihnen ein, daß der Fluß ja irgendwo unter der Autobahn hindurch mußte. Und tatsächlich, fein säuberlich war eine Unterführung für diesen kleinen Strom eingeplant worden. Der Wasserlauf war gerade so breit, daß man im Grätschschritt, mit vorgebeugtem Oberkörper vorwärts kam. Die Seiten waren nach innen angeschrägt, so daß die Füße guten Halt hatten. Trockenen Fußes kamen sie hindurch. Nur Lydia holte sich einen Nassen, als sie am Ende der Unterführung die Grätsche aufgeben und sich für eine Seite entscheiden mußte.

Am Abend, als es etwas kühler wurde, zog sich Petra ihren Anorak mit Kapuze an, rot mit schmalen Streifen verschiedener Farben kariert. Bei Edeka gab es einen Rucksack im selben Stil, mit zwei hellbraunen Lederschnallen und einem silbernen Knapsverschluß in der Mitte.

Sie trafen auf eine Wandergruppe, die auf einem Grillplatz ein Lagerfeuer gemacht hatte, und setzten sich dazu.

6

Am neunten Tag ihrer Wanderung waren sie in der Nähe ihres Zielortes Osnabrück angelangt.

Sie machten in der Nähe einer Imbißbude, mit Kiosk daneben, Rast.

Hier waren auch Wochenend-Ausflügler zu sehen. Auf dem anliegenden Spielplatz wippten kleine Kinder, und die Eltern saßen auf den umliegenden Bänken. Ein paar größere Mädchen spielten Federball.

Petra hatte einen Ball gekauft und warf ihn Carina zu, die ihn zu Lydia weiterleitete. Lydia ließ ihn aber fallen und war damit ab. Es entwickelte sich ein Gerangel, das in ein American-Football-Spiel überging. Anja löste sich mit dem Ball aus dem Pulk und kam davon.

Nun schoß man sich den Ball mit dem Fuß zu, schließlich waren Lydia und Carina im Fußballverein.

Nach einer Weile gingen sich Petra und Anja ein Eis kaufen.

Jetzt bekam André den Ball, imitierte Mario Basler und schoß den Ball im hohen Bogen über den Sandplatz. Der Ball flog in die Büsche. Als er ihn holen lief, sah er, daß er dahin war. Die Dornen einer Rose hatten den Plastikball zerstochen, daß er platt auf dem Boden lag. Drauf war eine Mickey-Mouse. Petra hatte den Ball ihrer kleinen Schwester mitbringen wollen, wo doch morgen Abfahrtstag war.

Als er zu den anderen zurückkam, waren Petra und Anja bereits wieder da. Er zeigte Petra den kaputten Ball und sagte: „Tut mit Leid."

Petra meinte: „Macht nichts."

Petra und Anja setzten sich auf den Bretterzaun am Rand des Sandplatzes und wickelten ihr Eis aus. Sie wiesen gegenseitig auf den gegenüberliegenden hügeligen Berg, mit durchgehendem Wald. Links guckten Teile einer Burg hervor, rechts senkte sich die Sonne. Lydia und Carina gingen zur Imbißbude und kauften sich Pommes.

André ging ein bißchen den Weg an einem Waldhang entlang. Ein starker Blätter- und Waldgeruch stieg ihm in die Nase. Junge Vögel knabberten an Erdnuß-flips, die durch die Gitterstreben eines Papierkorbes herausgefallen waren.

Er war wieder einmal zu dumm gewesen. Auf dem Rückweg kaufte er beim Kiosk einen Plastikball mit Mickey-Mouse drauf, schenkte ihn aber an der nächsten Ecke einem Jungen, der jubelnd davonlief.

Als er wieder bei den anderen ankam, waren diese gerade dabei, allmählich die Rucksäcke zum Weitergehen klarzumachen.

André ging zu Petra und fragte: „War das schlimm mit dem Ball?".

Sie antwortete: „Ich werde es überleben."

7

In Osnabrück spielte an diesem Abend die Band „Bobo in white wooden houses", hat nichts mit „DJ Bobo" zu tun. Bobolina ist die Sängerin und wird begleitet von einer Rockband. In Osnabrück hatte ihre Karriere 1992 ihren Ausgangspunkt genommen, mit dem Hit "Hole in Heaven", bei RSH eine Woche lang „Kraftrille".

Der Gitarrist Frank Heise kann nicht mehr dabei sein, aber der ausgezeichnete Bassist und der Schlagzeuger aus der Besetzung der erfolgreichen, rockigen Anfangs- und Aufstiegsphase sind wieder dabei. Zwischenzeitlich, in den letzten Jahren also, war Bobo in eine Art Depri-Hip-Hop-Richtung abgedriftet, die André nicht gefiel. Jetzt war zu Andrés Freude in der Presse angekündigt worden, daß sie mit ihren alten Songs und neuem Material in dieser Richtung auf die Bühne zurückkehren wird.

Und so kam es, daß unsere fünf Wanderer an diesem Abend zu Bobos Konzert gingen. Es zeigte sich, daß der neue Gitarrist Frank Heises Gitarrenspiel zu würdigen wußte und den Songs ebensoviel Schwung mitgab wie dieser.

Melodiös und mit ihrem Blick ins Unendliche bot Bobo ihre Lieder dar und gab an einer Stelle ein dramatisches Blues-Wechselspiel mit der Sologitarre. Wie André waren auch Lydia und Petra begeistert.

Wenn André zu der mitflippenden Petra hinüberguckte, erwiderte sie seinen Blick nicht. War sie ganz in der Begeisterung gefangen?

Lydia bemerkte seinen gelegentlichen Blick durchaus und nickte freundlich zurück. Carina und Anja rockten in gegenseitigem Einvernehmen.

Jetzt sah André an der Seite den Philosophen, der mit jogaähnlichen Bewegungen den Einklang zur Musik suchte.

Auch Karsten gesellte sich jetzt mit einem Bier in der Hand zu den Wanderern. Konnte das Zufall sein, daß sich hier alle wiedersahen?

André kam es ein: Petra mußte es gewesen sein, die die beiden gebeten hatte, zum Konzert zu kommen. Sie mochte es, neue Menschen kennenzulernen; und gerne tauschte sie die Adressen aus, um den Kontakt zu ihnen nicht zu verlieren.

„Danke", sagten Petra und Lydia nach dem Konzert zu André, da er es ihnen ausgegeben hatte.

Mit Karsten und dem Philosophen hatte man sich während des Konzerts noch einmal kurz unterhalten, das heißt, einander ins Ohr geschrien.

Für eine Verabschiedung von Carina und Anja war wenig Zeit, da sie noch heute mit dem Zug nach Hause fahren wollten und deshalb schnell zum Bahnhof mußten.

Man hatte noch gar nicht die Adressen ausgetauscht. Hat jemand einen Stift? Nee, alle Sachen waren noch bei der Garderobe. Vielleicht könnte man sich am Poster- und T-Shirt-Stand einen leihen. Aber da war zu viel Gedränge. „Warte", hörte André Petra sagen, "Ich habe meinen Fahrzeugbrief mit" und riß die Adresse davon ab. André war verblüfft, aber als er nachfragte, sagte Petra ihm, daß es eine Fotokopie war. „Ach so."

8

Am nächsten Morgen fuhren die drei Wanderer von Osnabrück aus mit dem Zug nach Hause. Ein kurzer Bergkamm rauschte an ihnen vorbei, dann hatte sie das Flachland zurück.

Wiesen und Strommasten sausen vorbei, eine Kuh drückt mit der Nase eine Wasserpumpe. Ein Stück weiter drängen sich schwarz-weiße Kühe um eine Badewanne.

Petra hatte ihren Baumwoll-Strickpullover mit verschiedenen Farbstreifen an, in dem sie allseits bekannt war. „Den Pullover hast du immer noch", sagte André zu ihr.

„Ja", entgegnete sie, „meine Oma wollte mir schon lange einen neuen stricken, aber das hat sich immer noch nicht ergeben. Demnächst fahre ich sie besuchen, mal sehen."

Sie fuhren in ihrem Bahnhof ein. Petra zog ihren rotkarierten Anorak an und setzte den Rucksack auf.

Auf der Straße sah André noch, daß Petra vom Bürgersteig aus einen vorbeifahrenden Busfahrer freundlich grüßte. Den kannte sie aus den vielen Jahren Busfahrt aus ihrem Dorf zur Schule.

9

An einem anderen Tag.

Karl, ein unsteter Bürgermensch der Stadt, geht durch die Fußgängerzone und sieht schon von weitem Petra entgegenkommen. Er kennt sie aus dem Bäckerladen, aus dem er sich häufiger seinen Lieblingskuchen - Käsekuchen mit Mandarinen drauf - kauft. Der müßte mal mit einem Preis ausgezeichnet werden, denkt er.

„Drei Goldmedaillen", wie man aus der Bäckerbranche immer wieder hört. Petra hilft dort in den Ferien öfters aus und verdient sich dadurch ein bißchen Kleingeld.

Karl hat sich eben einen „Wanderführer Teutoburger Wald" aus dem Buchladen gekauft. Den braucht er für einen Schreibkurs bei der VHS.

Petra trägt ein dunkelrotes T-Shirt mit einem blauen V-Kragen und blauen Rändern an den Ärmeln. Jetzt kommt sie auf ihn zu und fragt: „Na, wie geht's, Karl?" „Na ja, ganz gut."

„Hättest du nicht Lust, ein Eis zu essen?", fragt sie.

„Ja gerne", läßt Karl sich nicht lange überreden. Sie setzen sich draußen an einen Tisch vor der Eisdiele.

Hinter dem Tresen hängt ein Bild von Venedig mit einem Gondoliere, der Leute durch die Gegend schippert.

„Na, was nimmst du?", fragt sie ihn.

„Ich glaube, einen Fruchtbecher."

„Ich nehm´ dasselbe", sagt Petra.

Ihre Blicke treffen sich, Petras Lächeln und ihre Magieraugen sind ihm ganz zugewendet. „Ein schönes Hemd hast du an", sagt Karl.

Sie nimmt Karls Hand und legt sie an ihre schwarzen Haare.

Lübeck

Eine alte Frau, mit Sicherheit achtzig, bleibt stehen und guckt einem jungen Mann zu, der Gitarre spielt und singt. Er spielt etwas von den „Red Hot Chilli Peppers" oder einer ähnlichen Band und singt; diese Harmonien dringen an ihr Ohr. Sie kann etwas damit anfangen, und ich weiß: Wäre ich da vorbeigegangen, hätte ich die Musik - als zu melancholisch - nicht gerade gemocht.

Wie lange ihr Mann schon tot ist? [Muß er überhaupt tot sein? Wer sagt mir, ob sie überhaupt verheiratet war oder ist?]

Jedenfalls hat sie sich längst nicht aufgegeben. Sie geht durch die Fußgängerzone und nimmt sich Zeit für einen Gitarrespieler.

Sie macht sich weiter auf den Weg, er nickt ihr freundlich zu; auch sie nickt ein wenig zurück. Nach einer Weile verliere ich sie aus den Augen.

Der Verkehr um das Holstentor herum ist doch nicht ganz so doll, wie ich es in Erinnerung habe; früher bin ich mal hiergewesen und war sehr enttäuscht, daß hinter dem Tor die Autos brausten.

Man kannte das Holstentor vom 50-Mark-Schein und hatte sich das etwas gemütlicher vorgestellt.

Der grüne Rasen-Spazierpark, von Straßen einge-
zwängt, ermöglicht aber doch eine gewisse Besin-
nung. Die beiden Türme biegen nach innen. Wann
sackt das Gebäude in sich zusammen?

Auf der Bank neben mir sitzt ein junges Paar, auch sie
gucken sich das Tor an, lehnen sich geschafft an ihren
Rucksack. Japaner beobachte ich prüfend, ob sie einen
Fotoapparat dabeihaben.

Ein junger Mann mit seiner Freundin erscheint jetzt
vor dem Tor. Er möchte ein Foto mit ihr davor. Sie
will wegstreben, aber er möchte das. Sie bleibt doch
stehen, er geht recht weit zurück - die Würde-Ver-
hältnisse nicht verrücken. Er knipst, dann eilen sie
hinfort.

Unter dem Tor verkauft ein Maler Bilder von Lübeck
und dem Holstentor. Er hält sich da ganz ruhig auf,
hat wohl eine richtige Genehmigung. Das ist nicht
überall so, denke ich. Und: Was seine Kollegen sagen? Dürften die hier auch stehen?

Ich sehe mir die Bilder an, er guckt mich freundlich
an. Ich kaufe kein Bild, weiß nicht mehr genau, warum. Vielleicht wollte ich es auf dem Rückweg zum
Bahnhof nachholen. Aber da waren meine Beine vom
Gehen für jegliche Initiative schon zu schlapp.

Lübeck habe ich jetzt kennengelernt, alte Mauern
stehen – unvermutet auftauchend – in der Fußgänger-

zone. Freistehende Mauern mit großen, runden Löchern, wie übergroße Bullaugen. Oben drauf schmale kleine Türme, ebenso auf den umstehenden Gebäuden. An Stelle eines soliden großen Turmes kleine zerbrechliche Türmchen.

Ein alter Marktplatz, von alten Gemäuern umgeben.

Die ungewohnten Formen und das Schwärzliche sind fremd.

Daß das Mittelalter „dunkel" genannt wird, ist bereits eine abgegriffene Sache. Trifft sie überhaupt zu? Da muß doch auch mal die Sonne geschienen haben.

Aber hier merkt man, was „dunkel" heißen kann.

Eine ferne Zeit, krumme Gemäuer, Marktgetümmel. Auf dem Boden neben Wagenrädern Hühnerköpfe, Entenfedern fliegen einem entgegen. Unheimliche Männer und Frauen gehen in dunklen Gewändern durch die Straßen. Hölzerne Wagenräder holpern über Kopfsteinpflaster und Kohlblätter. Eine alte Frau, das graue Kopftuch tief in der Stirn, zieht einen Lattenwagen mit eingebundenem Geäst darauf.

Ein Junge läßt Holzmurmeln durch die Finger gleiten, ein Mädchen macht Hüpfspiele auf der Haustreppe.

Jungassistent Achim Schulze

„Schulze, lassen sie das", tönte der Chef durch das Büro. Achim Schulze, Jungassistent im Kommissariat Hohenbrück, stand gerade am Fenster und knipste welke Blätter von den Fensterpflanzen ab.

„Solche Lässigkeiten sollten sie sich als Jungassistent besser verkneifen, draußen warten unzählige andere, die liebend gerne und umgehend ihren Job übernehmen würden", fuhr der Chef fort.

Achim begab sich langsam an seinen Computerplatz, um die anstehenden Personalakten durchzusehen.

Der Fall Rehmershausen hatte in den vergangenen Wochen die kleine Provinzstadt Hohenbrück bewegt. Der Krämerladen von Gerti Rehmershausen war überfallen worden, und sie selbst hatte einige Verletzungen davongetragen, die inzwischen aber verheilt waren.

Der leitende Kommissar tappte mit seinen Ermittlungen noch völlig im Dunkeln. Verschiedene Verdächtigungen, unter anderem gegen den Leiter der örtlichen Kreissparkassen-Filiale und gegen den Gärtner von Frau Rehmershausens Nachbar, hatten sich als Luftblasen erwiesen.

Entsprechend schlecht stand es mit der Laune des Chefs, der seine miese Stimmung am leitenden Kommissar Stockmann, vor allem aber an Achim ausließ.

Keiner von denen ahnte, daß Achim die komplette Auflösung des Falles bereits in der Schublade seines Schreibtisches liegen hatte.

Wie konnte er dem Chef das Papier mit den glasklaren Beweisen am besten auftischen?

So müßte er es machen, genau:

Der Chef fuchtelt gerade wild mit den Armen, Kaffee übertritt den Rand des Bechers und tropft auf den ohnehin bereits verdreckten Teppich. Und, ja, genau in diesem Moment drückt er dem Chef das Papier wie beiläufig in die Hand. Er, Achim, der Assistent, müsse gerade mal eben raus, etwas frische Luft schnappen.

Der Chef will gerade mit den erhobenen Armen auf Achim losfahren, da fällt der Blick des Chefs auf das Papier. Allmählich verlangsamen sich seine heftigen Bewegungen, die in einen Ausdruck von Erstaunen umschwenken: „Mensch, Schulze, das ist ja, das ist ja hervorragend. Wie haben sie das ...?"

Aber da steht Achim längst auf dem Balkon des vierten Stocks, den Blick auf das Getriebe der Straße gewendet, im Mundwinkel einen Lolli kreisend. Und dem Chef, der nun ehrfürchtig den Balkon betritt, ist klar, daß er diesen Menschen in diesem grandiosen Moment nicht stören darf. Wer kann denn wissen, was in dem jungen Mann bereits wieder an Großem aufkeimt?

Oder: Nach Feierabend, bevor Achim geht, läßt er die Mappe wie beiläufig auf dem Schreibtisch liegen. Der

Chef will überprüfen, ob der junge Mann auch vernünftig arbeitet oder womöglich immer nur am Fenster steht und Automatenkaffee trinkt?

Da sieht der Chef das Dokument, blättert erst flüchtig, dann immer bedächtiger. Als er die ganze Tragweite der Leistung des jungen Mannes erkennt, sackt er in den Ledersessel (drehbar), wendet den Blick durch das Fenster auf die Skyline von Hohenbrück und sieht ein, daß er diesen jungen, aufstrebenden Menschen zu Unrecht schikaniert hat.

Es rührt ihn, wenn er bedenkt, daß er, der eigentlich völlig zu Unrecht hier der Chef ist, morgens immer in das Büro geplatzt ist und den jungen Mann mit Vorwürfen überhäuft hat. Und dabei war Achim Schulze emsig damit beschäftigt, den Fall in der Manier eines absoluten Profis zu knacken.

Wenn er das jetzt nur so recht bedenke, nein, er hat dem Jungen unrecht getan.

So könnte es gehen

Achim stand vor dem Haupteingang auf dem Schulhof. Nicht weit von ihm stand Katja zusammen mit Birthe. Die beiden unterhielten sich über irgendetwas.

Heute hatten sich alle Schüler für die anstehende Projektwoche eingetragen. Dieses Thema konnte für Achim eine Möglichkeit sein, mit Katja ins Gespräch zu kommen. Gerade schwang Katja ihre braunen lokkigen Haare zurück, daß sie sacht über den Nacken strichen.

Achim näherte sich ihnen und fragte in Richtung Katja, welches Projekt sie gewählt habe. Sie schien ihn gar nicht gehört zu haben, denn sie unterhielt sich mit Birthe weiter.

Als Achim sich dann umwenden wollte, sprach Katja ihn doch noch an. Naja, er hatte die beiden auch mitten im Gespräch gestört. Daß Katja ihn jetzt ansprach, empfand er aber eher als eine Art Gnade ihm gegenüber. Echtes Interesse schien nicht dahinter zu stekken. Außerdem guckte sie die ganze Zeit auf den Fleck aus Marmelade, die kurz zuvor aus Achims Pausenbrötchen auf seinen Ärmel getropft war.

Erdkundeunterricht stand an. Der Lehrer kam nicht gleich, so daß noch einige Smalltalks entstanden. Im Nu standen Bernd und Ulli um Katja herum, bildeten quasi eine Traube. Sogleich entstand ein reges Gespräch. Achim fragte sich, woher Bernd und Ulli immer die Gesprächsthemen hatten, mit denen sie bei den Mädchen so gut ankamen. Jetzt lachte Katja laut und bog sich amüsiert zurück.

Herr Radtke kam herein, der Unterricht begann.

Wie konnte er, Achim, Katja einmal dazu bringen, daß sie sich so richtig für ihn interessierte?

In Biologie müssen die Schüler keine festen Plätze einnehmen, können sich also auch einmal einfach woanders hinsetzen. Im Bioraum haben sie lange Sitzreihen mit mehreren Sitzen nebeneinander. Auf der einen Seite von Katja sitzt immer Birthe, das ist schon mal klar. Da müßte er sich einfach auf die andere Seite neben sie setzen, wie rein zufällig, er kam da eben gerade lang.

Und dann kommen sie alle, Bernd, Ulli und so weiter, gucken sich ratlos an, was denn Achim auf ihrem Platz wolle. Achim indes lehnt sich gelassen zurück und guckt zufrieden vor sich hin. Katja würde denken: „Eigentlich ist Achim doch ganz nett, nicht immer diese anderen Deppen, nerven einen pausenlos mit ihrem Geseire." In der Stunde würde Achim dann Katja fragen, wie die Moosart noch einmal heiße, die der Lehrer da gerade vorgestellt hat. Selbstverständlich weiß Achim den Namen, aber ihn von Katja noch einmal gesagt zu bekommen, ist doch nicht schlecht. Bernd und Ulli gucken dann zu Achim und Katja hinüber, was die beiden denn bloß für Interessantes miteinander zu bereden hätten.

Oder im Sommer, im Freibad: die Jungs, also Bernd und Ulli, lagern um Katja herum, überraschen sie mit kaltem Wasser, das sie ihr auf den Rücken gießen. Katja springt auf, und es gibt eine Verfolgungsjagd.

Später dann, die ganze Gang ist im Wasser, auch Achim schwimmt gerade. Da geht Achim auf den Sprungturm und zeigt seinen Spezialsprung mit Schraube. Katja steht gerade im Wasser am Rand des Beckens und hält sich mit den Armen am Rand fest. Den Blick hat sie aus Zufall gerade auf den Sprungturm gerichtet, und so sieht sie Achims Sprung. „Wußte ich ja gar nicht, daß Achim so toll springen kann", denkt sie vor sich hin.

Bernd und Ulli fragen sie vom Beckenrand aus: „Katja, kommst du mit zur Rutsche?"

„Nein, nachher", antwortet sie.

Etwas später geht sie, ihr Handtuch um die Schultern gelegt, zu Achim und fragt ihn, ob er zur Pommesbude mitkomme.

Die Pommes schmecken hier besonders gut, leicht mit Paprika gewürzt, und Katja gibt Achim einen Schluck von ihrem Waldmeistergetränk ab.

Fahrt nach Frankreich

1

Kathrin hilft manchmal beim Minigolf aus. Dann setzt sie sich in das kleine runde Häuschen, schlägt die Beine übereinander und liest in der Zeitung. Manchmal bevorzugt sie allerdings unbeschwertere Donald-Duck-Bücher. Bei Sonnenschein setzt sie sich nach draußen an den weißen Tisch unter der kleinen Birke. Die Sonne blinzelt dann durch die Blätter in ihr Gesicht, so daß sie die Augen ein bißchen zukneifen muß. Es ist ihr aber sehr angenehm, sich hier von der leicht wärmenden Sonne bescheinen zu lassen.

Vorübergehende Passanten, die keinesfalls Minigolf spielen wollen, bleiben hier für einen Moment stehen. Kathrins Augen sind jetzt geschlossen, und ein älterer Herr mit weißem Hut sieht sich um, wo er als nächstes entlanggehen könnte.

Kathrin hat ein paar Sommersprossen um die Nase herum, und die Sonne blinkert manchmal über ihr Gesicht.

Jetzt kommt Enrique, um seinen Schläger und die Schreibunterlage abzugeben. Na, wie ging's heute? Ging so. Enrique spielt in den Sommerferien fast jeden Tag und hält den Bahnrekord, 33 Schläge. Der ist mit kratziger Kreide auf einer Tafel vermerkt. Manchmal hat Kathrin aber sehr wohl beobachtet, daß

Enrique einer guten Punktzahl etwas nachhilft. Enrique schlägt von, ich sag mal, fünfundzwanzig Zentimetern Entfernung auf das Loch zu, verfehlt, läßt nicht ausrollen, stupst noch einmal nach, wieder verfehlt, verflixt, diese blöde Delle da, aber irgendwann ist das Ding drin. Kathrin lächelt dann ein bißchen vor sich hin und guckt zur Seite zu einem Busch, wo ein Vogel herumflattert. Hat der sich da verheddert?

An einigen Bahnen spielt Enrique aber auch wirklich toll. An der Acht zum Beispiel. Einfach drei Metallplatten in kurzer Entfernung hintereinander, mit Loch auf derselben Höhe. Schwupp, mit einem Schlag hindurch und womöglich noch gleich ins Ziel.

Das kann auch anders gehen, weiß Kathrin von den eigenen Versuchen, die sie manchmal unternimmt. Durchs erste durch, aber dann so eben an die Kante der zweiten Durchquerung, da ist das Disaster kaum noch aufzuhalten. Nee, Enrique kann das schon ganz gut. Ein Mini Milk nimmt er sich noch mit auf den Weg. Tschüß.

Kinder mit buntem Brustbeutel, Perlenverzierung, kommen auf dem Fahrrad vorbei. Sie halten schräg vor dem Fenster, rutschen so halb vom Sattel und bestellen: Drei von den Lakritzpantoffeln, zwei saure Gurken und drei von den Gelben. Macht fünfundsechzig Pfennig.

Nachmittags kommt Karl auf dem Fahrrad vorbei.

Kathrin guckt gerade aus dem Fenster. „Ooh, hallo Karl", ruft sie ihm entgegen. „Na, Kathrin", sagt er und stellt sein Fahrrad im Langnese-Ständer ab. Er öffnet die Jägerzaun-Tür und hantiert ein bißchen mit einem Schläger herum, der da gerade an der Wand lehnt. „Setz dich doch", sagt Kathrin, „Willst du´n Eis?" „Ja, gern." Ein Capri reicht sie Karl aus der kühlen Truhe.

Kathrin sagt: „Da vorne können wir uns in den Schatten an den Tisch setzen." Sie wickeln ihr Eis aus, Kathrin hat ein Split genommen. Karl fragt: „Wollen wir nach Frankreich fahren, ein bißchen Urlaub machen?" Kathrin sagt: "Oh ja, das ist eine gute Idee. Ab morgen übernimmt sowieso Kerstin den Minigolfplatz. Wie wollen wir denn fahren, mit dem Zug?"

„Eigentlich fahre ich gerne Zug, und Autofahren ist bescheuert. Aber diesmal laß uns das Auto nehmen", meint Karl. „Wieso?", möchte Kathrin wissen.

„Nur so", antwortet Karl.

Sie schreibt mit Senf auf einen halben Pappdeckel „Heute geschlossen" und baumelt ihn mit einem Faden über eine Spitze der Jägerzaun-Pforte.

„Holst du mich nachher ab?", fragt sie Karl.

„Naja ... , klar", erwidert Karl.

Gerade kommt Enrique vorbei und überlegt, ob er mit Birthe eine Runde Minigolf spielen sollte. Er betrachtet das Schild und führt seine Begleiterin weiter in Richtung Bootsteg. Über die Schulter blickt er noch einmal zurück. Kathrin zieht die Rolläden herunter und sagt zu Karl: „Also bis nachher." Karl: „Tschüß, wir sehen uns dann."

2

Kathrin sitzt auf dem Stromkasten an der Ecke zur Heimstättenstraße. Sie hat die Beine übereinanderge-schlagen und den Handrücken einer Hand leicht unter ein Bein gelegt. Sie hat eine kurze weiße Hose an und ein blaues Hemd mit V-Ausschnitt, das wie ein Sporttrikot aussieht. An den Rändern der Ärmel und am Kragenrand sind weiße Ränder. Wie Kathrin weiß, ist das ein Girlie-Shirt. Komisch, daß die Leute nicht schon immer solche Hemden getragen haben, denkt Kathrin, denn sie mag die Hemden.

Während Kathrin die Beine durch die Luft baumelt, kommt Karl auch schon mit seinem Auto vorbei. Es ist ein Audi 50, dem Polo ähnlich, jedoch mit noch deutlich höherer Rostquote. Karl hält mit offenem Fenster, aber ohne Musik an. Kathrin nimmt ihren Kleiderbeutel, hinten baumeln knöchelhohe rötliche Turnschuhe dran, und steigt rechts vorne ein. „Oh, da hängt ja das gesamte Computersteuerungssystem aus dem Handschuhfach heraus", sagt Kathrin, „aber der Wagen springt ja anscheinend an?" „Ja", antwortet Karl, „nur die Kontrolleuchte für das Eiswürfelfach ist defekt." „Na, das ist ja verheerend", sagt sie. „Dann fahren wir mal lost", sagt Karl. Kathrin hält ihre Hand etwas aus dem Fenster und fühlt die angenehme Wärme des leichten Fahrtwindes.

Sie nehmen erst einmal einen Feldweg, an Wiesen und versprenkelten Baumgruppen vorbei.

„War da eben nicht ein Schild ´Durchfahrt verboten´?", fragt Kathrin und dreht sich um. Karl sagt nur: „Weiß ich nicht, hab` ich nicht gesehen. Aber da vorne tobt ein Förster mit seiner Flinte." Jetzt geht der Mann in Grün auf den Weg und stellt sich in einiger Entfernung standfest genau in die Mitte. „Mist", sagt Karl, „da werde ich wohl anhalten müssen". Karl kurbelt das Fenster herunter, und der Förster tritt heran. „Wißt ihr nicht, daß ihr hier nicht langfahren dürft?" Kathrin antwortet zögernd: „Ich wußte auch nicht, da hinten habe ich so etwas blinken sehen, aber dann waren wir auch schon vorbei". „Das war wohl das Verbotsschild", sagt der Förster. Karl wirft klärend ein „Mag sein, aber wir sind auf der Durchreise." „Na, dann kommt ´mal mit", sagt der Förster, „ich hab da hinten im Hochsitz gerade mein Butterbrot ausgepackt, und da könnt ihr euch doch ein bißchen zu mir setzen".

Auf dem Hochsitz angekommen, sagt der Förster: „Wißt ihr, mit der Ballerei habe ich schon seit langem aufgehört". Er habe ein paar Bekannte, da vom Nachbarrevier, die ziehen immer noch aus mit Hund und so, in voller Belegschaft, blasen ′ne Fanfare, wenn das Wild erlegt ist. Hängen sich dann Geweihe an die Wand. Nee, davon habe er genug. Die Natur regele sich schon.

Nur einmal im Jahr kämen Vertreter des Kreisjägerverbandes vorbei und prüften sein Revier nach Richtigkeit und so. Da werde dann hin und her diskutiert, aber er sei immer noch durchgekommen. Als Älterer hat man doch seine Vorteile, und außerdem sind die jungen Vertreter mit Köfferchen froh, wenn sie ihr Häkchen auf der Liste machen können. Letztlich lehnen auch die sich in seiner gemütlichen Hütte lieber noch ein bißchen zurück und probieren von seinem Wildbeerensaft; quasi selbstgebrannt. Im Nebenraum steht dann noch der Bottich mit dem Fruchtsud, und die jungen Männer drücken mal den Abschlußfederhaken - oder wie immer man den nennen mag - und zapfen etwas von dem rötlichen, sehr heißen Saft ab. ′So was muß ich mir auch mal besorgen′, hat der eine gesagt, ′meine Großmutter hat noch einen Garten mit Himbeeren und allen Schikanen′. Ab er wußte eigentlich da schon: Wenn er dann im Papiersumpf der Behörde sitzt, kommt er sowieso nicht dazu. Aber einmal habe dem eine Kollegin ein Bild gemalt, praktisch ein Auftragsbild: ′Wald mit Weg′, das hat er sich ins Zimmer gehängt, und das hängt da auch jetzt noch.

„Ansonsten hat man hier aber ziemlich seine Ruhe“, sagt der Förster und guckt ein bißchen in die Landschaft. Kathrin sagt: „Finde ich gut, daß Sie nicht so 'rumballern." „Kuck 'mal", erklärt jetzt der Förster, „ich hab' mal 'ne Wattwanderung gemacht, von Hallig Hooge aus. Da hat uns ein Zivildienstleistender - aus Stuttgart kam der - das ganze Watt erklärt. 'Paßt mal auf', hat der gesagt, 'in diesem Viereck Wattboden leben allein so und so viele Lebewesen'. Das ganze Watt lebt. Zum Beispiel kleine Muscheln gibt's da und zig andere Würmer und so, was weiß ich. Und nebenan, ein paar Kilometer weiter, bei Brunsbüttel oder so, ich weiß nicht mehr genau, ein paar Kilometer weiter jedenfalls, ballern sie mit Kanonen ins Watt, militärisches Sperrgebiet.

Und hier im Wald? Wenn ich hier herumdibbere und Jahr für Jahr Tiere aussortiere? Was bringt das denn? Ich laß die Rehe lieber in Ruhe leben. Irgendwann kommt 'ne Autobahngesellschaft und haut eh alles weg. Da laß' ich den Tieren wenigstens jetzt noch ihre Ruhe. Vielleicht retten sich noch einige ins Nachbarrevier." Er lacht. „Nee, sein Enkel würde sagen: 'Was dieser heute bawt, reißt jener morgen ein'. Der studiert Germanistik, und der muß es schließlich wissen, sechzehntes Semester. Doch, ich glaub`, aus dem wird noch mal was.

Wollt ihr 'ne Stulle, vielleicht mit Käse?" „Oh ja, gern", sagt Kathrin und gibt Karl die Hälfte ab. Karl reicht er 'ne Flasche mit Gummipropfen: „Waldbeerensaft, probiert mal." „Schmeckt gut", sagt Karl, „ich

glaub, so ein Gerät muß ich mir auch mal anschaffen".
Kathrin, die gerade trinkt, lacht dabei, daß sie glucksen muß.

Als Kathrin und Karl auf der Landstraße weiterfahren, sehen sie eine Brücke von fern, und Kathrin stellt fest: „Hey, da steht mein Name an der Brücke". Als sie näher drankommen, erkennen sie, daß unter dem Namen ein Herz gemalt ist. Jetzt hätte Karl freundlich zu ihr 'rübergucken sollen. Dann hätte sie vielleicht geradeaus weiter geguckt und gedacht: „Aha, er guckt also zu mir herüber." Oder sie hätte seinen Blick sogar lächelnd erwidert. Er sagt aber: „Hier in der Gegend heißen ja mehrere so." Er war 'mal wieder zu dumm gewesen.

Iris auf Abwegen[*]

oder

Ein Streifzug durch die Literatur

1

Heinrich sah, wie es aus Erwins Wagen immer stärker qualmte. Das Auto schwenkte auf die Autobahnausfahrt und hielt auf dem Parkplatz bei der Raststätte an. Heinrich folgte im Audi 100 seinem Kollegen und hielt neben ihm.

Iris stieg aus dem rauchenden Fahrzeug, sie trug ihr weißes Kostüm, strich ihre blonden Haare zurück und lehnte sich jetzt an die Hintertür des Autos. Nun war sie mit ihren beiden Firmenkollegen, Erwin und Heinrich, auf Urlaubstour gegangen, und es gab die erste Panne.

Auch Erwin kam aus dem Auto, und man sah ihn gegen den Vorderreifen treten, „diese verflixte Kiste".

Heinrich stieg aus, um nachzusehen, ob er bei dem Fahrzeug seines Firmen- und Reisekollegen etwas machen konnte.

Erwin hockte sich hin, lehnte sich dabei an den Kotflügel und fuhr sich mit den Handflächen über Gesicht und Haare.

---

[*] Zu den Literaturbezügen vgl. Quellenverzeichnis, S. 97.

Heinrich sagte zu ihm: „Geh´ du man mal mit den anderen in die Gaststätte, ich sehe mir die Sache einmal an. Wäre doch gelacht, wenn ich das nicht hinbekäme, selbst wenn das hier eine verheerende Rostlaube ist."

Jetzt stiegen auch Simone und Ralf aus Heinrichs Wagen. Sie kniffen ihre Augen; denn sie waren gerade auf ein nettes Nickerchen eingestellt gewesen.

Die Verkäuferinnen am Selbstbedienungstresen waren für die Nachtzeit auffallend geschäftig. Eine drehte Frikadellen um, die andere füllte Kaffeepulver nach. Erwin nahm sich einen Apfelstrudel mit Sahne, einen doppelten Kaffee und eine Dose Bier.

Iris hatte sich an einen Zweiertisch gesetzt und ihre weiße Handtasche mit Schlangenmuster in den Schoß gelegt. Erwin kam von der Kasse und setzte sich dazu. Er rückte den Stuhl ein wenig vom Tisch ab und stützte sich mit den Unterarmen, die Dose in der Hand, auf seine Beine.

„Scheiß wagen", sagte er vor sich und nahm einen Schluck. Iris nippte an ihrem Irish Coffee und pustete leicht in den Schaum. So hatte sie immer im Spielmannszug die Querflöte gespielt, die Lippen geschürzt. Ihre jüngere Schwester Simone tendelte jetzt heran und setzte sich beschwingt an einen Tisch nebenan. „Ich flippe fast aus! Wenn wir nur schon da wären."

„Wenn das mal so leicht wäre, versetzte Erwin", es wäre bestimmt wieder dieser verdammte Vergaser.

In mehreren Werkstätten und bei verschiedenen Geheimtips war er gewesen. Überall hieß es: „Kein Mangel festzustellen".

Woher kamen aber dann immer wieder diese plötzlichen Aussetzer, ganz ohne Vorankündigung. Einfach so stand er dann auf der Landstraße, Kühe trabten heran.

Es war doch aber nur ein Auto mit mechanischen Teilen. Alle Teile müßte man herausnehmen und komplett ersetzen. Vermutlich würde der Wagen selbst dann noch nicht laufen.

Der Grundfehler lag wohl in der Substanz, würde sein Nachbar, mit Pfeife an den Jägerzaun gelehnt, sagen. In welcher Substanz? Vielleicht dem Seitenspiegel?

Jetzt kam Heinrich in die Gaststätte, sich die ölverschmierten Hände am Stofftaschentuch abwischend. „Alles klar, meine Damen? Der Wagen läuft wie eine Nähmaschine", sagte er. Heinrich bestellte sich ein schäumendes Pils und dazu ein paniertes Steak mit Zitronen-Viertel an der Seite. Während er die Zitrone über dem Steak ausdrückte, verlautete er: „Also, ich muß schon sagen, eine nicht ganz indiffizile Sache mit Erwins Schleuder. Aber unter meinen Händen wandelte sie sich wieder in ein akzeptables Fahrwerk."

„Nu laß mal gut sein", entgegnete Erwin, „ist ja in Ordnung."

Iris packte unterdessen ihre sieben Sachen in der Handtasche zusammen, zog ihren Lippenstift nach und deutete an, daß sie sich noch kurz auf die Toilette begeben wolle. Simone folgte ihr nicht. Uringeruch stieg ihr aus den Katakomben entgegen und Männer überprüften, ob ihr Hosenschlitz auch tatsächlich zu war.

2

Im Auturadio lief Chris Rea:

> Well, I′m standin′ by the river,
> But the water doesn′t flow,
> It boils with every poison
> You can think of.

An einem Atomkraftwerk müßte man jetzt vorbeikommen, dann verbände sich die Fahr-Romantik optimal mit dem Gegensatz des verstrahlten Drecks. Iris blieben jedoch nur die regelmäßig aufglimmenden und dann sich wieder entfernenden Lichter der anderen Fahrenden. Zum Glück brauchte sie nicht selbst zu fahren, das übernahm Erwin in diesem Wagen sowie Heinrich und Ralf, Simones Freund, im anderen. Iris mochte solche langen Autofahrten nicht besonders, lieber säße sie im Bordeaux-Expreß, hätte ein Journal auf dem Schoß und ließe sich in einem Rutsch über

Paris ans Ziel geleiten. Aber immer wieder ließ sie sich auf solche Fahrten ein.

Für ein, zwei Stunden setzte sie sich schon mal ans Steuer, aber das reichte ihr dann auch. Sie mußte an eine schon länger zurückliegende Frankreichtour denken: Im Dunkeln auf französischen Landstraßen unterwegs, hatte sie nur kaum sehen können, wo die Hauptspur entlangging. Von vorne kamen einheimische Fahrprofis und blendeten mit gelbem Zwielicht.

„Weißt du, daß mir Heinrichs Getue total auf den Wecker geht", sagte Erwin und drehte Radio Luxemburg den Saft ab, „unter seinen Händen wandelte sich meine Rostschleuder wieder zu einem akzeptablen Fahrwerk. Ha, das ich nicht lache!"

Iris zog ihre goldumrandete Uhr auf und nahm sie sogleich wieder aus der Seitentasche ihres Jackets, weil sie vergessen hatte, ob sie auf die Uhr gesehen hatte. Jetzt steckte sie die Uhr wieder ein.

3

Am darauffolgenden Tag pausierte die Reisegruppe in Rothenburg op der Tauber. Von einer Restaurant-Terrasse aus hatten sie Ausblick auf die ganze Altstadt. Die Dächer aus roten Dachpfannen, dicht an dicht, verbreiteten eine gemütliche Stimmung. Umzogen wurden die Häuser durch die alte Stadtmauer, Jugendliche balancierten darauf herum. Schräg vor ihnen auf der Straße ging ein Lehrer mit anderen Schülern, der die da oben aber nicht herumturnen sah.

Heinrich blätterte vielsagend, mit Brille auf der Nasenspitze in der *Süddeutschen*. Erwin stöberte im Stadtführer und kniff die Augen zusammen, die Sonne schien ihn zu blenden. Jetzt nahm er einen Schluck Kaffee. Heinrich befeuchtete seine Finger und blätterte ausgreifend seine Zeitung um. Simone kicherte, legte ihren Arm um Ralfis Hals und flüsterte ihm etwas zu.

Die Kellner, anscheinend direkt aus den 60er Jahren hergebeamt, fragten, ob alles recht sei. Ja, es war alles recht.

Iris legte jetzt ihre 3,70 DM für den Cappuccino auf den Tisch und sagte, daß sie sich jetzt alleine auf den Weg mache, diese Reisegruppe sei doch nicht ganz das Richtige für sie.

„Aber Irilein, ich dachte", sagte Erwin. Doch Iris klickte bereits ihren Klippverschluß der Handtasche zu und legte sich ihre Jacke über die Schultern. Mit Simone, ihrer Schwester, würde sie sich über Handy – ein strahlungarmes Modell, aus Spanien importiert – verständigen können.

„Wir treffen uns dann irgendwo", rief ihr Simone noch hinterher. Iris nickte und ging behende die Steinstufen herab, die von der Burgterrasse zur Straße führte.

4

In der Vorortsbahn rochen die alten Vorhänge muffig. In ihrem Heimatort gab es Vorortszüge desselben Modells, aber da hatte es seit Gedenken nie Vorhänge gegeben.

Eine Frau mit Einkaufskorb setzte sich Iris schräg gegenüber und nickte ihr zu. Hinter ihr rangelten Schüler. Jungen drückten ein Mädchen auf den Boden und schoben sie mit den Füßen unter die Sitze. Mit zerplusterten Haaren rappelte sie sich wieder hervor und nahm woanders Platz. Das Mädchen zeigte weiter keine Aufregung. Das schien hier normal zu sein.

Jetzt kamen weitere Schülerinnen herein; diese gingen jedoch an den Jungen vorbei und setzten sich weiter hinten hin. Den leicht geröteten Gesichtern der Jungen sah man an, daß sie diese Damen bestimmt nicht geärgert hätten.

Das Mädchen mit den zerzausten Haaren wandte ihr Gesicht jetzt grinsend den Jungen zu.

Der Triebwagen kam nur langsam in die Gänge, Iris konnte es nicht abwarten, im Schnellzug zu sitzen und große Städte an sich vorüberrauschen zu sehen.

Am Fahrkartenschalter in Nürnberg wurde Iris gefragt, was sie wünsche. Iris war unschlüssig. Dann fiel ihr Blick auf den Fahrplan und visierte Wien. Sie überwand ihre politischen Widerstände und sagte: „Einmal Wien."

„Nicht vielleicht doch Verona?", fragte der Mann am Schalter.

„Nein, Wien. Ich habe da einen wichtigen Termin", sagte Iris mit einem leichten Lachen im Gesicht.

„Also, wenn das so ist, selbstverständlich, einmal Wien, mit Bahncard?", ergänzte der Service-Herr.

„Ja."

„Gut, macht Einhundertneunundachtzig Siebzig".

Iris blätterte den Betrag hin, schließlich war man im Urlaub. Der Schalter-Mann reichte ihr das Billet. *Eine aparte blonde Dame. So ziellos unterwegs? Hat sich wohl mit ihrem Partner überworfen. Den Schalter Schalter sein lassen und auch nach Verona, ach nein, Wien fahren?*

„Gute Fahrt, meine Dame", sagte er ihr noch, daß sie über die Schulter zurückblickte.

Im Zugabteil saß ihr ein Mann, Anfang Vierzig, gegenüber und stellte sich als Stenart Nadermann vor.

Die Schaffnerin unterbrach ihr Gespräch, als sie die Abteiltür öffnete und nach den Fahrkarten fragte. Iris war froh, daß sie nicht nach der Bahncard gefragt wurde, das war immer so eine Fummelei.

Stenart reichte der Kontrolleurin seine Karte. Sie war erstaunt: „So etwas habe ich ja noch nie gesehen. Eine Monatskarte für das gesamte Streckennetz der Deutschen Bahn. Mein lieber Scholli, was blättert man dafür denn so hin?"

Stenart mochte es, die Schaffnerinnen mit seinem Billet zu beeindrucken und war schon das eine oder andere Mal ins Gespräch mit einer charmanten Zug-Begleitung gekommen, das Haar galant unter die Schaffnermütze gesteckt.

Aber an diesem Tag war er im Gespräch mit Iris und machte nur eine gelassene Handbewegung zur Schaffnerin.

Ein komischer Kauz, dachte Iris, *streift planlos mit der Bahn durch die Lande. Obwohl, sie macht das doch auch gerade. Sonst immer klar strukturiert, als Geologin. In der Geologie, der komplexesten aller Wissenschaften, bedarf es der klaren Struktur, sonst verläuft sich alles im Diffusen.*

Was ihm am Bahn-Reisen gefalle? Das wisse er selbst nicht so genau. Wahrscheinlich das Rollen der Räder. Oder wenn man in Bebra von der Nord-Süd- auf die West-Ost-Achse umwechselt, das sei schon etwas Tolles.

Oder wenn man sich ärgert, daß sich eine zugestiegene Dame nicht einem gegenübersetzt, sondern ein Stück weiter, wo viel weniger Platz ist. Aber das gehöre dazu, das müsse man als Bahn-Profi verkraften können.

Unangenehm sei es nur immer, wenn er an seinem Zielort aussteigt, und es dann nicht weitergeht. Das war für Stenart der eigentlich einzige gewichtige Nachteil der Sache.

Welche Stadt ihm besonders gefallen habe? „Ach, verehrte Frau", sagte er, wenn man so viele Städte gesehen hat, könne man das gar nicht so sagen. Obwohl, ihm falle da, gerade jetzt in diesem Moment, Leipzig ein. Von „gefallen" keine Rede, aber „beeindruckend", ja das könne er sagen. Beeindruckend sei Leipzig gewesen. Vor allem der Bahnhof, obwohl er besser gar nicht wissen wollte, aus welcher abgründigen politischen Phase der stammte. Erst einmal schon so um die zwanzig Gleise, als Endbahnhof angelegt. Die Fliesen im Marmor-Design und enorme romanische Rundbögen, 50 Meter im Durchmesser, aus bombastischem Beton, sieht aber original klassisch aus. An der Stirnseite römische Stadtfassaden, piekfein, wie im Asterix-Heft – und natürlich wieder übermäßig hoch und um vieles breiter als sonst ein Bahnhof lang ist.

Die steinernen Rundbögen der Vorhalle werden in dem davor liegenden eigentlichen Bahnhof über den Gleisen im selben Ausmaß – allerdings aus Metall – fortgesetzt.

Der Baustil sei mit „Post-Jahrhundertwende" wohl treffend bezeichnet, weil die ganze Metall-Glas-Konstruktion nagelneu aussieht.

Die riesige Bahnhofshalle ist jetzt als 3stöckige Passage eingerichtet – Verwestlichung?

Mir ist aufgefallen, daß sich die Leute an Ständen in Reihen aufstellen, selbst am Bierstand im Rockkonzert. „Ihr beide da, stellt euch mal hinten an!"

Ich muß aber sagen: An dem Stand mit der Warteschlange bin ich schneller an mein Bier gekommen als an dem Stand daneben, an dem man sich eben doch nach Gütdünken an den Tresen drängt. Vor mir zwei bullige Typen mit Raspel-Haaren, einer hebt vier Finger, der andere sogar fünf. Bloß zurück zur Schlange. Ich überlege, ob die jungen Leute, die die Getränke verkaufen und einheitlich gekleidet sind – grün kariertes Hemd, Fliege am Kragen – Studenten sind, die sich etwas Geld dazu verdienen. Ob die wissen, daß die Band, die da im Moment spielt, nur die Vorgruppe ist; oder wundern die Studenten sich, daß so viele Leute zu so einer Durchschnittsgruppe gehen. Oder ist denen alles egal. Hauptsache, sie machen ihren Job ordentlich und bekommen am Abend ihr Geld?

Und was verbreche sie, Iris, gerade, wohin sei sie unterwegs?

„Och", entgegnete Iris, „ich fahre nach Wien, ein schon lang geplanter Urlaub."

„Na dann Prost, man sieht es ihnen an."

5

Als sie in Wien ankam, war der Tag schon fortge-
schritten, es dämmerte bereits.

Ein Spaziergang im Prater, dem großen Wiener Park,
war ihr schon mehrfach von Katja, ihrer Freundin,
nahegelegt worden:

„Falls du zufällig einmal die Gelegenheit hast, dorthin
zu kommen – eine unglaublich schöne Stadt."

Iris sah dies bestätigt. Am Bahnsteig nahm ihr ein
netter junger Mann mit polnischem Akzent – offen-
sichtlich Gepäckträger, wie im Hotel-Film aus den
20er Jahren – das Gepäck aus der Hand, stellte es auf
einen Rollwagen und geleitete sie zum Taxistand.
Dort gab sie ihm zu verstehen, daß sie nur zu den
Schließfächern wollte.

Eine Dame dieses Formats, und mit dem Gepäck ab in
die Schließfächer. Wo will sie denn übernachten,
vielleicht im Prater, auf der Bank?

Ist ja wirklich nett, der Kerl, bringt mir die Sachen
quasi bis vor die Tür. Und – Moment mal – es fehlt
nicht einmal etwas.

Iris kam zu einem Park, der Prater konnte es nicht
sein, der sollte etwas weiter abseits liegen.

Gefahr war noch nicht anzunehmen, verschiedene
Paare und sinnierende Studenten mit hinter dem Rük-

ken verschränkten Armen und vierknöpfigem Jacket gingen noch die Kieswege entlang.

Iris spürte die Kiesel unter ihren dünnen Ledersohlen knirschen. Nun kam sie zu einem runden Brunnen. Eine mamorne Frau spieh Wasser im hohen Bogen. Drum herum standen weitere Statuen von nur kaum bekleideten Damen. Als Iris die Hand an eine der Statuen legte, spürte sie eine angenehme Wärme, die der Stein noch vom Tag gespeichert hatte.

Umgeben von Heckenpflanzen, nahm sie auf einer hölzernen Bank Platz.

Hier war man ja kaum zu sehen, denn die Bank war recht weit in die Büsche zurückgesetzt. Gerade als Iris sich zurücklehnte, hörte sie es rascheln. Sie sah durch einen Ginsterbusch, daß es sich ein junger Mann auf einer – ebenfalls schwer auszumachenden – Bank gemütlich machte. Gerade nahm er seinen Schlafsack aus einem Holunderbusch – dieser war wohl sein Schrank – und bereitete sein Nachtlager.

Verkommen sah der Mann eigentlich gar nicht aus.

Iris schnippte ihre Handtasche zu und machte sich auf den Weg zum Ausgang. Erst dort stellte sie fest, daß dieser Park am Abend verschlossen wurde, und das Tor war bereits zu.

Vielleicht gab es noch ein weiteres Tor, ganz in der Nähe, das noch nicht geschlossen war? Die Dunkelheit war inzwischen klammheimlich bereits fast vollständig eingetreten. Nur ab und zu fiel von außen ein schwacher Lichtschein von den nur wenig leuchtenden Lampen auf den Parkweg.

Jetzt sah sie eine alte rostige Pforte und stellte fest, daß sie sich aufschieben ließ. Mit einem großen Schritt stand sie wieder in der freien Welt.

Sie befand sich auf der Rückseite einer Promenade mit kleinen Läden und wollte gerade durch eine schmale Gasse ins volle Licht treten. Da sah sie, daß einige dunkle Gestalten Getränkekisten aus einem Seitenausgang heraushieften, jetzt öffnete sich ein Fenster, und mehrere Kisten wurden durchgereicht.

Einem der Männer fiel ein glänzender Gegenstand aus der Tasche, genau vor Iris´ Füße. Sie bückte sich, erkannte eine Armbanduhr und nahm sie auf, um sie dem Mann zu geben.

In diesem Moment fuhren Polizeiautos vor, eines hielt vor ihnen im hellen Licht der Ladenzeile, das andere hinter ihr im Schatten des Parks. Polizisten stürmten aus den Autos und machten die Leute in wenigen Momenten dingfest. Nur zwei von ihnen entschwanden über eine seitliche Lattenwand. Sie drückten sich von Mülltonnen ab und schwangen sich hinüber. Zwei Polizisten sprangen auf die Mülltonnen und leuchteten mit ihren Taschenlampen hinterher: „Die sind weg, da ist nichts mehr zu machen, die können überall sein." Dann krachten die Mülltonnen unter den Polizisten zusammen, so daß sie sich hangelnd von der Lattenwand auf den Boden herabließen.

Iris war unterdessen von einem Zivilbeamten festgehalten worden. Jetzt kam ein zweiter hinzu, und Iris hörte, daß diese sich etwas von „Schmiere stehen" zuraunten.

„Wieso standen sie hier?", fragte der eine. Sie wäre zu durcheinander, könne dazu im Moment nichts sagen, entgegnete Iris.

„Darauf kommen wir noch zurück", sagte einer der beiden Beamten. Dann wandten sie sich den anderen Dieben zu, um die Polizeikollegen dabei zu unterstützen, die Einbrecher in dem Polizeibus zu verstauen – hinter Fenstergittern.

Iris stand für sich alleine da, war unbeachtet. Leisen Schrittes ging sie an dem ganzen Auflauf vorbei, hinein in die funkelnde Fußgängerzone. Einer der Polizisten sah zu ihr hin, wandte sich dann aber wieder dem leichten Gerangel am Bus zu. Eiligen Schrittes entfernte sie sich, ohne sich umzuwenden.

An einem Lederwarengeschäft blieb sie stehen und richtete den Blick auf die Handtaschen. Erst da bemerkte sie wieder den Gegenstand in ihrer Hand. Fest umschlossen barg sie die Uhr in ihrer Hand. Der Verschluß war zersprungen. Deshalb war dem Dieb die Uhr vom Handgelenk gerutscht. Wo sollte sie nun mit der Uhr hin? Sie konnte sie doch nicht einfach behalten. Das wollte sie nicht.

Ja, was wäre, wenn der Besitzer der Uhr einer der beiden Männer war, die entkommen waren. Suchte er sie bereits? Wurde sie verfolgt? Mußte sie sich verbergen?

Sie schaute sich um. Alles war ruhig. Ehepaare in Mänteln gingen die Straße auf und ab. Iris fühlte sich von Laternen geblendet, von den Laternen, die gar nicht hell genug hätten sein sollen, als sie im Park eingeschlossen war.

Als Iris aus dem Park in die hell erleuchtete Straße hatte treten wollen, war das Licht ihr eine Erlösung gewesen. Jetzt fühlte sie sich bloßgestellt, von Scheinwerfern ertappt. Sie ging in eine dunkle Seitengasse, vermochte jedoch auch da nicht stehenzubleiben, da sie ein plötzliches Auftauchen der beiden flüchtenden Männer befürchtete.

An einer Telefonzelle blieb sie stehen und lehnte sich an die Scheiben, die kalt waren. Sie hatte die Jacke in ihrer Reisetasche gelassen, und jetzt spürte sie, daß sie bereits anfing zu frieren. Als sie überlegte, ihre Schwester anzurufen, sah sie zwei dunkle Schatten aus einer düsteren Ecke heraus in Richtung Park eilen. Die beiden Männer stemmten sich auf den Zaun und huschten hinüber. Iris trat einen Schritt zurück in den Schatten einer Eiche. Dann war es still. Ihr war mulmig, aber sie spürte, wie sich ihre Spannung allmählich legte. Die beiden Einbrecher schienen alles andere im Kopf zu haben, als eine Dame im weißen Kostüm wegen einer verlorenen Uhr zu verfolgen.

Sie führte die Uhr in die Seitentasche und ging auf die belebtere Straße. Leute strömten aus dem Theater und unterhielten sich angeregt. Sie hörte, daß Arthur Schnitzler gegeben worden war. Das wäre auch etwas für Iris gewesen. Vielleicht bliebe sie ja noch länger, und es fände sich die Gelegenheit, selbst hinzugehen.

Sie steckte die Uhr in einen Umschlag, beschriftete diesen mit *Bierkasten-Diebstahl* und steckte ihn in den Briefkasten der nächsten Polizeistation. Sie genoß es, sich dabei wie die weibliche Hauptperson in einem Wallace-Krimi zu fühlen. Iris hatte keine Angst davor, womöglich wegen ihrer Handschrift identifiziert zu werden.

Gerade als sie den Brief eingesteckt hatte, bog ein Polizeibus in die Einfahrt. Der Bus stoppte kurz. Dabei sah Iris einen Mann hinter der vergitterten Scheibe sitzen. Er war es. Genau hatte Iris sein Gesicht gesehen, als sich beide zugleich nach der Uhr gebückt hatten. Der Mann blickte Iris mit weit geöffneten Augen durch die Gitterscheibe an. Der Bus ruckte an und verschwand hinter dem Polizeigebäude.

Sie fand ein ihr äußerlich zusagendes Hotel. Dort erzählte sie dem Empfangs-Herren – von der Art wie es sie nur in Wien gibt – von ihrem eigentlich unglaublichen nächtlichen Erlebnis. Dabei ließ sie allerdings die Elemente weg, die sie im zwielichtigen Licht hätten stehen lassen können.

„Ja", sagte der Hotelier, „wir halten unsere Straßen eben sauber."

Das Schließfach konnte warten, in voller Montur ließ sie sich auf's Bett fallen und schlief bis zum Morgen durch.

Nach einer großen Pack- und Transportaktion per Taxi vom Bahnhofsschließfach zum Hotel – der nette Pole hatte sie am Bahnhof abgefangen – entschied sie sich von einem Moment auf den anderen, doch weiterzufahren, und zwar gleich. Prater hin, Prater her, sie mußte weiter.

Immerhin, durch die Transportaktion hatte sie die Zahnbürste im Hotel, und auch der Lippenstift ließ sich nachziehen.

Mit vollem Gepäck erneut am Bahnhof angelangt, wurde sie jubelnd von dem polnischen Tausendsasser empfangen, der ihre Sachen zum Zug brachte.

Als der Zug abrollte, gab er ihr gar einen Handkuß und legte die Finger an die Mütze.

Lachend abwinkend guckte sie sich noch einmal um und sah, wie er die Packung Mozartkugeln, die sie sich eben noch im Bahnhofsladen gekauft hatte, in die Luft hielt und sich eine davon im Munde zergehen ließ.

Sie setzte sich ans Fenster und sah die Donau an sich vorüberziehen. Eine Burg auf einem Felsen war auszumachen, fast ein bißchen so wie die Restaurant-Terrasse in Rothenburg ob der Tauber, wo das ganze Unternehmen begonnen hatte.

6

Hallo Katja

Inzwischen bin ich in Rom gelandet und hier auf eine sonderbare, aber zugleich faszinierende Gruppe von Forschern getroffen, die sich bestens mit den Gesteinen hier auskennt.

Gestern durchstreiften wir den Naturalienmarkt nebst den großen Artischockentälern, in denen wir anschließend bei einem Spaziergange Körper und Geist regenerierten, da wir an den vorangegangenen Tagen angesichts der Besichtigung vieler historisch und künstlerisch sehenswerter Gebäudestätten viel Muße aber auch Kräfteverzehr erfahren hatten.

Auf diesem Fußwege gelangten wir zu den Ruinen des Neronischen Palastes, jenes Palastes, in dem Kaiser Nero einst den Befehl ausgegeben habe, die Stadt Rom niederzubrennen, wo wir auf eine Mannigfaltigkeit beeindruckender kleiner Steine trafen, daraus wir uns die Taschen vollsteckten und uns gar nicht sattsehen konnten an der steinernen Pracht.

Seitab in einem nahegelegenen Tal, wohin uns Luigi, ein Paläontologe aus Mailand, in seinem Jeep gebracht hatte, stießen wir auf große weitausgreifende Steinfelsen, die aufgrund der Wind- und Regenerosion tiefe Risse und Furchen aufwiesen. Wir erstiegen eines dieser Naturmonumente und hielten an, als sich vor uns ein riesiger Riß in die Tiefe erstreckte, daß Richard, ein netter Geologie-Assistent von der Universität Clausthal-Zellerfeld, zurückschreckte und ich ihn halten mußte, woraufhin Luigi vielsagend den Kopf wog, dann aber in Richtung einer Hängebrücke wies, die über den Felsspalt hinwegführte.

Richard hatte deutlich erkennbar Höhenangst, was er jedoch beständig bestritt. Dennoch war es an mir, ihn sicheren Fußes über die schwankende Hängebrücke zu führen, während er mich wiederholend ermahnte, nicht nach unten zu sehen, da dies empfindsame Personen erschrecken könnte und diese sodann gefährdet wären, ins Schwanken zu geraten.

„Da unten", bemerkte Luigi „lagern Unmengen härtesten Granits - Quarz, Feldspat und Glimmer, diese alte Geschichte - und nun sind sie dabei, den ganzen Kram nach oben zu holen, mit schwerstem Gerät, das teilweise aus Ägypten herangeschafft werden mußte", wo sie sich scheinbar auskannten mit dem Fördern schwerster Bestände.

An der Seite liefen übergroße Steinsägen und zertrennten die mächtigen Granitblöcke, wobei von oben stets ein Wasserschwall herabfloß, damit nichts überhitzte und die kostenintensiven ägyptischen Schwerstgeräte nicht zerbarsten. Die Steinspäne wurden durch einen Kanal aus Stahlplatten zur Seite geleitet, wo das feine Gestäub in große Containerbehälter sauste, daß es klang, als säuberte gerade jemand seinen Wagen an der Tankstelle mit dem Hochdruckstrahler.

Ein Mann in Cordjeans wischte sich jetzt die öligen Hände an der Hose ab und hieß Luigi sowie uns, seine Freunde, herzlich willkommen, was er uns durch einen Wortschwall auf Italienisch zu verstehen gab. Jetzt gab er einem Kollegen im Steuerungshäuschen, das der Bedienungskammer eines Krans ähnelte, einen Wink, so daß unmittelbar darauf die Maschine zum Stehen kam. Der Mann, Leiter der regionalen Erdgutförderung, geleitete uns zu einem der Container und öffnete eine Seitenluke, daß uns ein Strahl aus feinem schwärzlichen Steinstaub entgegenströmte. Wir ließen den feinen Sand über unsere Hände gleiten, was ein schönes, entspannendes Gefühl war.

Luigi initiierte, daß wir uns kleine Stoffbeutel mit dem Granitstaub füllten, „da würden die Kumpels zu Hause staunen, was?", meinte Richard.

Dann führte uns Desidor, der Grubenchef, in die Bergbauhütte, wo er uns Steinbrocken verschiedenster Art zeigte.

Das da hinten in der Ecke, war das nicht Marmor?

Ja, auf so etwas stoße man hier von Zeit zu Zeit. Wir sollten uns hier nur alles in Ruhe ansehen.

Außer verschiedenen Granit- und Marmorarten sahen wir feingliedriges Porphyrgestein, das mit feinen weißen Einsprengseln durchzogen war. Aus unseren Blicken erkannte Desidor, daß uns diese verschiedensten Gesteinsausprägungen in dieser Vielfalt nicht ohne weiteres bekannt waren und bot uns an, uns ein paar Proben von den schönsten Stücken mitzugeben. Ob das nicht zu wertvoll sei, fragten wir.

„Ach was", verwarf er nur kurz „das liegt hier, naja gut, auch schon einmal woanders, haufenweise herum". Er schmiß eine kleinere Steinsäge an, die Schwiegertochter von der großen Aurelie, wie er erklärte, und sägte für jeden von uns Musterstücke zu, beim Sägen zischte der Steinstaub in eine Stahlwanne. Zwölf verschiedene Stücke erhielt auch ich, vom feinsten bis zum gröbsten Korn, einige mit höchster Reinheit in der Struktur, andere grob oder mit Glimmer durchsetzt.

Diese ausgewählte Sammlung von Musterstücken habe ich jüngst nach Hause geschickt, vielleicht wäre das auch noch einmal etwas für unser Institut. Jedenfalls freue ich mich auf den freundlichen Empfang durch die Steine bei meiner Zurückkunft.

Und ich hoffe, du, liebe Katja, bist auch dabei.

Viele Grüße: Iris

7

In Mailand von Richard, dem Geologie-Assistenten, zum Bahnhof gebracht, hatte sich Iris in den Zug geschwungen und eine Karte nach Speyer gelöst. Dort wollte sie sich mit ihrer Schwester Simone treffen. So war es per strahlungsarmem Handy abgemacht worden.

Ein weiteres Mal zogen Kühe, Zäune und Hügel, abnehmend Berge, an ihr vorüber. Sie brauchte den Schlaf, für den sie jetzt, so hoffte sie, auf der Bahnfahrt Zeit fände. Wohin wohl jetzt Stenart unterwegs war? Hatte seine Monatskarte für komplett Deutschland jetzt nicht noch für anderthalb Wochen Gültigkeit? Mit dem hätte sie sich jetzt gerne unterhalten.

Die Leute, ja die Bekannten, die sie in Italien gewonnen hatte, waren freundlich gewesen und hatten sich ihr gegenüber allzeit als zuvorkommend, ja sie gestand es sich ein, galant gezeigt. Aber letztlich war ihr die gesamte Gesellschaft doch etwas überbildet vorgekommen. Selbst Geologin, mußte sie sich geradeweg auch als überbildet bezeichnen, wahrscheinlich war ihr die wissenschaftliche Kumuluswolke in Rom-Mailand-Florenz aber einfach etwas überladen gewesen.

Wie Simone ihr berichtet hatte, war sie mit Ralfi, ihrem Freund, an der Atantikküste in Frankreich angekommen, nach einigen Tagen aber spontan nach

Speyer gefahren, um sich dort mit einer alten Schulfreundin zu treffen, die schon wenige Tage später für ein Jahr nach Amerika gehen würde. Am Vortag des Telefonats mit Iris war die Freundin nach Amerika abgereist.

Da war es ein passender Anlaß für Simone, ihre große Schwester zurück an Bord zu holen.

Ob die Alt-Herren-Riege, also Erwin und Heinrich, Tag für Tag soffen und unter den Klapptischen auf dem Campingplatz von *Lacanau sur mêr* lagen?

Bestimmt!, war sich Iris sicher.

Obwohl, die beiden soffen doch eigentlich gar nicht so viel. Iris hätte es nur gerne so gehabt, daß der Club tagein, tagaus söffe, dann wäre Iris ihr Ausstieg aus der Tour einwandfrei vorgekommen, ohne nun wieder ins Grübeln kommen zu müssen.

Aber Simone würde sie gewiß wieder in Stimmung bringen, davon war auszugehen; das war zu fürchten, müde wie Iris jetzt war und unter diesen Gedanken im leicht ruckelnden Zug einschlief.

In Speyer erwartete sie Simone bereits auf dem Bahnsteig im blauen Regenmantel und weißem Schirm mit farbigem Muster.

Iris sah sie durch das Zugfenster und vernahm Simones freundlich empfangendes Gesicht.

Die Handtasche nahm Simone ihrer Schwester ab, und gemeinsam gingen sie zur zentralen Bushaltestelle.

Der Regen hatte aufgehört, und die Sonne brach zwischen den Wolken hervor.

Nachdem sich Iris erst einmal auf Simones Hotelcouch geschmissen hatte und - ihrem Gebrauch entsprechend - erneut ohne Umschweife eingeschlafen war, machten sich die beiden am Nachmittag auf in die Innenstadt Speyers.

Sie schlossen sich einer kunsthistorischen Führung durch Speyers Altstadt an, die Simone bereits kannte, davon Iris aber nichts sagte, um ihr nicht den Spaß daran zu verderben.

Nun kam man zum alten Dom zu Speyer; ein, zweimal fast komplett zerstört gewesen, und trotz wiederholtem restauratorischem Aufschwingen nie wieder ganz hergerichtet worden.

Jetzt berichtete der Kunstführer, daß es hier zu Zeiten der Reformation an zwei Reichstagen, genau genommen 1526 und 1529, wieder zur Einigung der beiden Konfessionen hätte kommen können, aber die leitenden Kräfte beider Seiten hätten sich dann einmal mehr doch als zu wenig kompromißbereit gezeigt. „Eine verpaßte Chance der Geschichte", so hätte sein Kunstprofessor immer gepflegt zu sagen".

Aus dem allgemeinen Gemurmel hörte man „Schade" und: „Das hätte uns gerade noch gefehlt".

Anschließend in einem Café kamen sie mit zwei Leuten ins Gespräch, sie hießen Christian und Ute, und waren unterwegs zum Atlantik, seien jedoch noch unschlüssig, wohin es genau gehen sollte.

„Da können wir Abhilfe schaffen", meinte Simone prompt, schließlich wollte sie irgendwann ihren Ralfi wiedersehen. Und da sah sie hier eine gute Chance, denn Christian und Ute waren mit dem Auto unterwegs.

Ralfi war unterdessen auf Tagestour in Bordeaux und dort auf eine bemerkenswerte ältere Dame gestoßen. Miriam, eben diese Dame, hatte sich in Bordeaux eigentlich mit einer Bekannten treffen wollen, bei der sei es aber kurzfristig nichts geworden; sie hatte nicht von ihrer Familie, den Enkeln, weggekonnt.

Ob er nicht Lust hätte, ihr in ihrem Ferienhäuschen auf den Klippen des Atlantikmeeres einen kleinen Besuch abzustatten. Dort träfen sich immer ein paar Leute aus der örtlichen Gesellschaft. Da könne er sich ein bißchen dazusetzen und etwas zur Unterhaltung beitragen.

„Wenn das Haus so aussieht wie das an der Klippe in dem berühmten Hitchcock-Film, dann, ja, nur dann komme ich mit", bemerkte Ralf.

Die Dame Miriam, sie heiße übrigens Miriam und nicht Mirjam, wie er als Halbgebildeter vermutlich dachte, versicherte ihm, daß das Haus an der Klippe eben dasjenige aus dem besagten Film sei, womit Ralfs Einlenken gesichert war.

Ob ihr schon einmal aufgefallen sei, daß die berühm-testen Hitchcock-Szenen eigentlich alle in diesem einen Film vorkämen, der Titel des Films falle ihm eben gerade nicht ein. Jedenfalls die Maisfeld-Szene mit dem Flugzeug, die gestellte Ermordung durch den Geheimdienstler und deren Aufklärung im Kiefern-wald, die fast mystische Flugzeug-Aktion an dem besagten Klippenhaus und dann schließlich die Klette-rei auf den steinernen Präsidentengesichtern, wobei er allerdings immer an die Deep-Purple-Gesichter denke, die auf einem Plattencover zu sehen sind. Sie wisse nicht, wer oder was Deep Purple sei. Eine britische Rockband, aus der sich der Gitarrist, der Organist und der Sänger dauernd in den Haaren hatten. Mehrere Splits, Reunions und neuerliche Splits habe es da ge-geben.

Jedenfalls die Szene, an der die blonde Heldin, erin-nert an King Kongs weiße Frau, mit den Händen am Felsen hängt und der Gangster mit dem Fußabsatz auf ihrer Hand dreht, dann aber von einer Kugel der Ge-heimdienstler erledigt wird?

Ja, diese Szene kannte sie gut.

Jetzt waren sie auf einer Schnellstraße und kamen regelmäßig unter Brücken hindurch. Ihr Mann, ein recht bekannter deutscher Schriftsteller, Andreas Solt-schön, ob Ralf den kenne? Nein? Jedenfalls ihr Mann schlage immer vor, daß sie auf den Autobahnbrücken Gedichtverse anschreiben sollten. Auf den nachfol-

78

genden Brücken setzte sich dann das Gedicht oder, je nachdem, das Epos fort.

Ralf leuchtete diese Idee ein und er schlug darüberhinaus vor, an den Seiten der Autobahnen superleichte Windräder anzubringen, die der Autofahrer dann beim Vorbeifahren durch seinen Fahrtwind in Gang setzte.

Die landschaftliche Lage des Klippenhauses war wirklich enorm. Auf der einen Seite hatte man den freien Blick auf das französische Flachland, auf der anderen sah man hinaus auf das ebene Meer. Ein paar Möwen schwebten von den Klippen aus aufs Meer hinaus.

„Leider nicht unser Eigentum", sagte Miriam, „ein uns bekanntes französisches Schriftstellerehepaar stellt uns das Anwesen im Sommer für einige Wochen zur Verfügung."

Ein kleines Damenkränzchen fand sich ein. Tee wurde gereicht, den man aus zartem Porzellan mit abgespreiztem Finger trank. Ralf wurde direkt wohlig zumute, und über Literatur wurde gesprochen, die er zum Teil sogar kannte.

Das Gespräch kam auf die Musik, und die Damen erörterten ihre verschiedenen Vorlieben aus der Klassik. Ralf hätte sich gerne eingeschaltet. Zwar guckte er die Musik aus der Sicht des Rock an, aber auch von da aus gab es Einblicke in andere Musikformen.

Wenn er sich manchmal in solche hermetisch-klassischen Gespräche einmischte, hatte er bis jetzt immer nur befremdete, fragende Gesichter geerntet. Die Luft wurde ihm auf der Brust abgedrückt, und er spürte, daß er kein Literat war, sondern doch ein Rokker, der seine Gitarre traktiert, so gut es eben geht.

Die Wohligkeit des Raumes war entschwunden.

Als er den letzten Tee ausgetrunken hatte, verabschiedete er sich von der Gesellschaft. Miriam ging in den Nebenraum und kam mit einem Buch ihres Mannes zurück, das sie ihm schenkte. Ralf fächerte das Buch einmal durch und sah darin Anstreichungen mit feinem Stift. Die mußten von der Dichtersfrau selbst stammen. Ein persönliches Geschenk, war Ralf beeindruckt und reichte Miriam die Hand, um darauf das beinah unwirklich erscheinende Anwesen zu verlassen und den nächsten Vorortbus in Richtung Lacanau sur mêr zu nehmen.

In Speyer machte man auf der Caféterrasse indessen Nägel mit Köpfen. „Eine ordentliche Strecke wäre das schon", versetzte Christian. Speyer - Bordeaux, das sei nicht von schlechten Eltern. „Aber, was soll's, laßt uns fahren", es nütze dann ja nichts.

Man ging zum Sandparkplatz am Rand der Stadt und nahm in Christians gelbem Opel Commodore platz. „Ist zwar ein Benzinschlucker, aber für lange Strecken ganz in Ordnung. Hamburg - Spanien oder wie jetzt gerade: Speyer - Bordeaux, oder genau genommen *Lacanau sur mêr*". Das klinge ja schon mal nach Sonne und Urlaub, Christian hatte jedoch Bedenken wegen seiner Französischkenntnisse. Heiße es nun *le crêpe* oder *la crêpe*, das war wieder einmal die Frage.

In der Stadt sei der Commodore nicht zu gebrauchen, ziehe nicht mit seinen 120 PS. Da komme ein simpler Polo schneller auf Touren.

„Ich dachte, Commodores gibt es gar nicht mehr", sagte Iris. „Gibt es auch nicht, aber ich habe noch einen. Der Wagen hat acht Jahre bei meinem Vater in der Scheune gestanden, und nun hat ein Kumpel den Wagen noch einmal aufgemöbelt."

Christian stellte den Fahrersitz ein, daß er in gelassen zurückgelehnter Position fahren konnte. „Sportliche Haltung", fand Iris. „Sportlich ist eigentlich ein bißchen dichter dran", sagte Christian. Christian ließ den Motor an, und sie fuhren los; Ute strich Christian über den Unterarm.

Sie kamen auf die Autobahn, Iris schälte Apfelsinen, so daß ihnen die Finger klebten.

„Stellt euch darauf ein, das wird für's erste euer letztes Schwarzbrot sein", sagte Christian, als Iris jedem eine Käseschnitte reichte. Letztes Mal in Frankreich habe er tonnenweise weiche Brioches, so leicht süßlich mit Hefe, verzehrt. Noch für die Rückfahrt hätten sie den ganzen Kofferraum voll damit gehabt.

Jetzt wurde die Thermoskanne aufgeschraubt und Tee in Becher gefüllt.

Zwischenhalt machte die Reisegruppe in *Chalon-sur-Saône*. Man vertrat sich die Füße und fand, daß die Stadt mit ihren alten Gebäuden gar nicht so schlecht aussah. So guckten sie sich ein bißchen um. Simone wäre lieber etwas an den See gefahren, den sie vor der Stadt durch Bäume hatten schimmern sehen. Dort hätte sie sich die Füße abkühlen und sich für den Strand etwas vorbräunen können. Jetzt, in einer Kirche, war zu sehen, daß die eigentlich gelangweilte Simone ganz aufgeregt Ute etwas ins Ohr flüsterte. Simone hatte den bekannten Autor Andreas Soltschön entdeckt, der hier in der Abteikirche umherging und sich die Kunststücke ansah. Wahrscheinlich triebe der hier Studien für seinen neuen Roman. Der mache das immer so, sprach Simone Ute ins Ohr.

Jetzt sah man, daß sich auch andere Touristen zuraunten, daß das da drüben Andreas Soltschön war, der Studien für seinen neuen Roman trieb.

Andreas Soltschön, der tatsächlich hierher gekommen war, um Hintergrundinformationen für die Frankreich-Episoden seines neuen Romanprojekts zu recherchieren, wurde jedoch von derartigen Zahnschmerzen geplagt, daß an Recherchieren nicht zu denken war. Keine der drei Behandlungen hatte spürbar geholfen, nicht einmal die letzte, die er seiner Frau gegenüber als Operation bezeichnet hatte.

Zumindest versuchte er so auszusehen wie Andreas Soltschön, der sich eine Kirche ansieht. Er hätte doch gemeinsam mit seiner Frau in den Urlaub fahren sollen, dachte Soltschön.

Erwin und Heinrich saßen auf dem Campingplatz von *Lacanau sur mêr*, lagen in ihren Klappstühlen und hatten die Füße auf den Klapptisch gelegt, der auf dem Rasen vor ihrem Zelt stand. Einen Campingwagen hatte man nicht. Das war das einzige, was sie ab und zu störte; denn mit Zelt war man irgendwie doch nur Urlauber zweiter Klasse. Die richtigen Campingleute hatten sozusagen Haus mit Garten und knisterndem Kiesweg davor.

Als sie da so an ihrer Selter schlürften und Erwin das Hähnchensteak auf dem Grill umwendete, da kam ein gelber Commodore vorgefahren. Sie erkannten Iris mit ihren blonden Haaren, die nun doch nicht hatte von ihnen lassen können. Das war klar. Heinrich hatte es immer gewußt.

Mit Überschwang und Umarmung begrüßten sie die Abtrünnige, jetzt wiedergefunden. Simone stellte zwei Flaschen Rotwein auf den Tisch und präsentierte triumphierend die feinsten Speisen, die sie aus einem Imbiß besorgt hatte. „Das sind Ute und Christian, die beiden haben uns im Dom zu Speyer aufgesammelt und mit hierher genommen". „Na, das ist ja herrlich, dann nehmt mal Platz", lud Heinrich sie ein. Nach einem Blick auf den Rotwein sagte Erwin: „Ihr denkt wohl, wir säßen hier den lieben langen Tag und söffen uns die Birne zu, was?" „Nichts davon", stellte Heinrich heraus, „morgens Strandlauf, nachmittags Tennis, abends aktive Regeneration im Steady-Center." Das wollte er ihnen nur einmal gleich verklickern. „Aber so ein kleines Tröpfchen wollen wir ihnen nicht verwehren, oder was meinst du, Erwin?", sagte Heinrich. „Das geht schon in Ordnung, da wollen wir mal nicht so sein", bestätigte Erwin und entkorkte die erste Flasche Bordeaux.

Am nachfolgenden Tag am Strand versuchte Christian, sich seiner Französischkenntnisse zu bedienen. Spaßig wollte er sein und den umliegenden Leuten mit seinem Sprachwitz imponieren. So sagte er einmal „je n´ai pas la connaissance" statt schlicht „je ne sais pas", also „ich weiß nicht". Die atrraktivste Strandschönheit der näheren Quadratmeter mit dem weitaus beeindruckendsten Bikinioberteil lachte sogar. Dadurch mußte sich Christian in seinem Sprachwitz bestätigt fühlen, wenn diese Frau sogar schmunzelte.

Das gesamte Gebäude seines Stolzes erwies sich jedoch schon wenige Minuten später als Kartenhaus, das in sich zusammenfällt, als die Dame sich ein Top überzog, ihre Sachen in dem durchsichtigen Plastikrucksack verstaute und davonging. Es war alles zwecklos.

Aber gut, die Franzosen hatten ihren Stolz, dachte Christian, ließen nichts auf ihre Sprache kommen.

Im Langlauf-Skiurlaub in der Schweiz hatte er einmal mit seiner Studentengruppe im Rahmen eines Referats am Abend im Essensraum der Jugendherberge zwei Lieder in dem dortigen Dialekt, Rätoromanisch, gesungen. Beim ersten Lied stimmten die anwesenden Einheimischen sogar mit ein. Es war nicht zu fassen gewesen, er hatte tatsächlich ein Volkslied ausgewählt, das die Leute da kannten und pflegten. Beim zweiten Lied mußten die Studenten jedoch immer mehr lachen, vielleicht wegen des fremden Klanges oder einfach so, wie das manchmal ist: keiner weiß, warum auf einmal alle lachen und sich nicht mehr einkriegen können. Da waren die Einheimischen rausgegangen. Tief hatte man ihre rätoromanische Seele verletzt. Die Deutschen waren eben doch alles nationale Schweine, achteten keine andere Kultur. (Die Chance auf einen Gnadenpunkt der Schweiz beim Grand Prix d`Eurovision war somit für eine noch nicht absehbare Zeit vertan.)

So hatte er es auch hier am Strand vermasselt. Ute war ganz froh darüber, lachte ihn aus und rieb ihm mit Sonnencreme den Rücken ein.

Zu ergänzen ist, daß die Dame im attraktiven Bikinioberteil eben doch nicht die Schönste am ganzen Strande war, denn da war ja noch Iris mit ihren langen blonden Haaren. Aber die konnte für Christian nicht richtig zählen, weil sie ja zu den eigenen Kumpels gehörte.

Iris bemerkte wohl, daß ihre Bikinifigur des öfteren von den Umliegenden und Vorbeikommenden fixiert wurde. Sie hielt deren Blicken stand, indem sie nicht plötzlich ihre Blickrichtung änderte oder etwa nach unten auf ihren Bauch sah. Nein sie guckte so, damit es so aussah, als daß sie dächte: Ist doch völlig normal, daß ich hier in meinem knappen Bikini liege und ein bißchen in der Sonne ausspanne.

Tatsächlich dachte Iris natürlich: „Mensch, warum guckt der tolle Typ da drüben, leicht gebräunt, in der knappen Badehose nicht einmal zu mir herüber. Blöder Idiot.

Jetzt guckt er und hält den Blick eine Weile an mir fest. Ich werde fast verrückt. Jetzt wirft er den Frisbee zu seinem Kumpel."

Maximiert wird Iris´ Wirkung, wenn sie sich ihre Sonnenbrille aufsetzt. Ohne Sonnenbrille oder aber eben nicht mit *der* Sonnenbrille kommt sie ab und zu ins ganz normale Gespräch mit umliegenden Urlaubern: Eine Flasche droht umzukippen, Iris hält sie fest, ein Kind muß mal eben gehalten werden, weil die Mutter einen Löffel im Meer abspülen will; Iris bringt anderen ein Eis vom Strandkiosk mit.

Wenn sie jedoch die Sonnenbrille aufsetzt, ist sie entrückt. Sie wird zu einer Art weltbekannten Fotomodell, daß unkontaktierbar ist. Die Sonnenbrille ist nämlich eine Anastacia-Brille, sieht also aus wie die Brille von der Sängerin Anastacia („I'm outta love"), mit so leicht zickigen Kanten.

Wenn es Iris zu langweilig wird und sie cool aussehen oder ihre Ruhe haben will, setzt sie ihre Anastacia-Brille auf, und die vorübergehenden Leute denken oder raunen sich zu: Guck mal, die da in dem Bikini sieht aus wie Anastacia. Und Iris denkt: Jetzt denken die, ich sehe aus wie Anastacia. Iris fühlt sich wohl dabei, jedenfalls eine Weile.

Die Musik von Anastacia findet sie eigentlich bescheuert. Das mit der Brille hat sich einmal durch Zufall ergeben, als sie aus Spaß bei Kloppenburg verschiedene Sonnenbrillen ausprobierte. Und bei der besagten Brille sah sie auf einmal aus wie Anastacia.

Auch abends, wenn sie die Ortspromenade von *Laca nau sur mêr* entlanggeht, trägt sie ab und zu die Brille. Wie ein Modelstar geht sie durch den Strom und wird auch ohne weiteres als Model akzeptiert.

Simone zieht Iris wegen der Anastacia-Masche manchmal auf: „Na, setzt du wieder deine Anastacia-Brille auf?" Dann sagt Iris: „Was kann ich dafür, daß Anastacia mit der blöden Brille so aussieht wie ich".

„Setz die Brille bloß nicht auf, wenn du Erwin oder gar Heinrich begegnest", empfiehlt Simone jedoch.

Gegen Abend, es dämmerte bereits, die rote Sonne senkte sich sacht in den Atlantik, lehnte die komplette

Urlaubsgruppe an einem Pommes-Stand. Christian versuchte es gerade mit einem: „Une portion de pommes frites, s´il vous plait", konnte jedoch nur vernehmen, daß die Verkäuferin die Bestellung für sich noch einmal wiederholte: „de pommes". Erwin meinte, Christian hätte wohl besser sagen sollen: „Je voudrais acheter une portion ...", da hätte ihn Christian bald vermöbelt.

Als die Gesellschaft sich noch auf diese Weise unterhielt, da kam auf der anderen Straßenseite ein Linienbus eingefahren, und sie sahen Ralfi, wie er sich von der Treppe hinabgleiten ließ.

„Mensch Ralfi, du alte Schabracke, wo kommst du denn jetzt her? Wir haben schon gedacht, die Bauern der Bretagne hätten dich verschleppt", empfing ihn Heinrich.

„Ach Leute, das war schon ein kurioser Tag, jetzt brauche ich erst einmal ein Bier." Tief erschöpft spielend, obwohl - er war wirklich geschafft -, nahm er seine Simone in den Arm."

„Was war denn, rück´ heraus, Ralfi".

„Ach, die Sache war eigentlich ganz einfach", erklärte Ralfi, „ich wollte nur einmal kurz nach Bordeaux reinfahren, ein paar gute Tropfen und sonst vielleicht noch irgendeinen Krimskrams besorgen, da gabelt mich tatsächlich eine Schriftstellersfrau auf und lädt mich auf ihr Landgut zum Teekränzchen ein. Ihr Mann sei wohl eine richtige Koryphäe, wenn auch in

Niveau und Anspruch immer wieder umstritten. Am Schluß, ich hatte inzwischen bemerkt, daß die Literaturwelt nicht die meine war, da drückte sie mir auch noch ein Freiexemplar mit eigenhändigen Anstreichungen ihrer selbst in die Hand. Den Namen des Schriftstellers habe ich aber vergessen, Martin ...", nein, er wisse es nicht mehr.

„Vielleicht Andreas Soltschön?", fragte Iris, den hätte Simone nämlich in Chateau-sur-Saône aufgegabelt, mit ihm ein kleines Pläuschchen gehabt und ihm eigenhändig die Hand gegeben.

Nein, der Name sei es nicht gewesen, meinte Ralfi, jedenfalls soweit er sich erinnere. Sie konnten später ja einmal aufs – oder sogar ins – Buch gucken; für den Moment lag es jedoch ganz unten im Rucksack.

Die Dichtersfrau sei jedenfalls selbst bei den Dreharbeiten zu dem berühmten Hitchcock-Thriller dabei gewesen, sie wüßten schon, der Streifen mit den Deep Purple-Denkmälern und der Flugzeugverfolgung im Maisfeld?

„Da hatten wir ja beide geistig erhebende Begegnungen", fand Simone.

Ralfi ergänzte: „Und dann erzählte sie noch davon, daß ihr Mann, der Schriftsteller Martin soundso, die Idee vertrat, auf den Brückenpfeilern der Autobahnen Gedichtsverse in Fortsetzung anzubringen". Das fände Simone ja abgefahren, aber eigentlich auch ganz originell. „Meine Rede", stimmte Ralfi ein, „und meine

Idee von Autobahn-Leichtwindrädern fand sie wiederum in Ordnung."

Zur Brückenpfeiler-Idee meinte Heinrich, das lenke die Autofahrer nur in ihrer Aufmerksamkeit ab.

8

Am Schluß der Urlaubswoche in Lacanau setzte Iris sich in Bordeaux in den Zug und machte sich auf die Heimreise. Sie hoffte, Stenart mit seiner Gesamtnetzkarte noch einmal wiederzutreffen. In den zahlreichen Bahnhöfen schaute sie sich immer wieder nach ihm um.

In Bebra, ausgerechnet der Achse zwischen Nord und Süd, West und Ost, traf sie ihn, und zwar direkt im Zug. Stenart wuchtete gerade seine Reisetasche auf die Gepäckablage, da sahen sie sich.

Dies sei sein letzter Reisetag, heute abend um zwölf laufe die Karte ab. Schade, fand Iris, aber ihr Urlaub sei auch vorbei – war eigentlich ganz schön, wenn auch manchmal turbulent, und Stenart, wie sei sein Urlaub gewesen, wenn man das so nennen könne? „Doch, es war schon Urlaub, eigentlich ganz normal."

An manchen Orten überlege man, ob es einem da

länger gefallen würde, und er hielt es in einigen Fällen auch für möglich. Aber es sei die alte Geschichte, nach einer Reise gefällt einem der normale Wohnort wieder neu und besonders.

Sie hoffe das auch von sich, meinte Iris und legte ihre Haare hinter die Schulter zurück. In Hannover stieg Stenart aus, da er in den Inter-Regio umsteigen mußte. Iris´ Zug verharrte noch für eine Weile im Bahnhof, als Stenarts Zug mit schnellem Anzug in der Nachtdämmerung verschwand.

Iris holte ihre Landkarte aus der Umhängetasche, die aus bunten Stoffstreifen gefertigt und mit Fransen versehen war. Ihre weiße Handtasche in Schlangenleder-Optik hatte sie in Bordeaux Ute geschenkt. Iris vollzog noch einmal die Strecke nach, die sie auf ihrer Tour zurückgelegt hatte. Das weiße Kostüm hatte durchgehalten; nach den aufrührenden Aktionen in Italien war es von Steinstaub und Essensflecken ziemlich mitgenommen gewesen. Eine Naturreinigung an der Promenade von Lacanau hatte es ihr aber wieder hergerichtet, so daß sie ihr Lieblings-Kleidungsstück heute wieder anhatte.

Morgen würde sie Katja besuchen und von ihrer Reise erzählen.

Auf Hallig Hooge

Mit dem Fahrrad auf dem kleinen Damm werden wir leicht von feinem Wasser besprüht. Ist es Seewasser, das der scharfe Westwind der Nordsee entreißt? Unsere Fahrräder tasten sich noch ganz gut voran, weil der Westwind immerhin nur von der Seite kommt.

Doch von einem Moment auf den anderen erweist es sich, daß die versprühten Tröpfchen Vorboten eines handfesten Regenschauers gewesen sind.

In kürzester Zeit hatte uns ein Prasselregen erfaßt. Die anderen fuhren unermüdlich weiter. Dort hinten bis zu dem Ziegelhäuschen, vielleicht konnte man sich dort unterstellen.

Wir, gerade unsere Regencapes auspackend, kehrten um und fanden Schutz hinter einem kleinen Bauwagen, der da auf der Hallig herumstand. Wir blieben tatsächlich nahezu trocken, weil der Regen ganz von rechts kam.

Bei einer richtigen Flut wäre das hier alles unter Wasser. Anders als man als Festländler denkt, besteht eine Hallig keineswegs immer nur aus einem Hügel, der an dramatischen Tagen vom Sturm bedroht wird. Hallig Hooge hat mehrere Warften – so heißen die Hügel im Meer –, zwischen denen sich Wiesen mit ganz normalen Teerwegen erstrecken. Autos sind hier nicht zugelassen, die Versorgung ausgenommen; ansonsten sind hier nur Pferdewagen und Fahrräder unterwegs.

Die Hallig ist unerwartet groß, so daß eine komplette Umrundung mit dem Fahrrad schon eine richtige Unternehmung ist. Wir selbst sind dazu aufgrund der abrupten Wetterumschwünge nicht gekommen.

Wasserströme, von Binsen umgeben, durchziehen die Hallig, auf dem Festland wären dies bereits ziemlich große Flüsse. Sie haben einen beachtlichen Anteil an Süßwasser, das sich in den Sommermonaten durch das hinzukommende Regenwasser ansammelt.

Spezialisierte Pflanzenarten finden sich in diesem kritischen Milieu zurecht. Ein ungewohnt frischer Wind weht ungebremst über Wiesen und Frischwasserstrom. Ein halbes Jahr ist Zeit für eine allmählich sich heraufklimmende Süßwasser-Vegetation, die dann im Herbst durch einen Handstreich überspült wird.

Um die Gesamtheit der Hallig ist ein kleiner Damm angelegt, der vor Springfluten schützt. Bei einem Herbststurm mittlerer Größe wäre für uns hier, mit den Fahrrädern an den Bauwagen gelehnt, schon die größte Rettungsaktion angesagt.

Könnte man es bis zur Kirchwarft dort hinten noch schaffen? Aus eigener Kraft, schwimmend? Dirk vom DLRG meint, das müßte drin sein. Friederike hingegen stellt fest: „Der Kälteschock erlahmt sofort jed-

wede Muskulatur." Dirk wiegt, die Mundwinkel her-
untergezogen, mit dem Kopf.

Auf der Schiffsfahrt hierhin wurde Rieke von einer
Möwe überfallen. An der Reling stehend und an
nichts denkend, sinniert sie vor sich hin, knabbert am
Müsli-Riegel, da schnappt die Möwe ihr den Riegel
aus der Hand.

Auch ich winkte später noch einmal mit einem Müsli-
Riegel, hatte übrigens wie Friederike die Sorte Scho-
ko-Banane mitgenommen, und wieder blickte eine
Möwe prüfend zurück und unterbrach ihren Flug,
stellte dann aber fest: „Ach, der dumme Tourist will
mich nur veräppeln. Ha, jetzt zieht er den Schwartau-
Riegel auch prompt wieder zurück. Habe ich mir's
doch gedacht."

Auf der Fahrt mit dem Schiff gab es noch anderes zu
sehen. Wir denken gerade an nichts Böses, da tuckert
an uns mitten im Meer eine Eisenbahn vorbei. Wir im
Pril, sie auf einer holperigen Schienenstrecke. Bei Flut
wird die Strecke überspült. Platz für vier Leute, Die-
selantrieb. Wenn man da bei Flut unterwegs wäre! So
hat man sich in frühester Kindheit nicht einmal den
Hindenburgdamm vorgestellt. Zwar der Zug von
Wellen bedroht, aber immerhin ein Damm.

Hier sind die Schienen einfach der freien Wucht des Meeres ausgestzt. Die gebogenen Schienen sind doch gar nicht parallel?

Von Dagebüll aus verbindet diese Schienenbahn das Festland mit der Hallig Oland und von da aus weiter noch mit Langeland.

Da würde ich einmal gerne mitfahren. Eine Anlage nicht aus unserer Zeit. Ort für einen Film.

Später waren die Schienenbahn und Langeland einmal zentraler Handlungsort in einem „Tatort". Fesselnde Aufnahmen in der Landschaft, aber ins zwangsläufige Tragik-Schema des Tatort-Konzepts gepreßt. Ohne Tote am Schluß geht es eben nicht. [Derrick kam am Schluß wenigstens meistens rechtzeitig, um den zweiten Toten zu verhindern.]

Wir strecken uns auf unseren Liegestühlen, gucken, wie die Fähre anlegt und Touristen ankommen. Der Herbergsvater holt ihr Gepäck mit seinem weinroten VW-Transporter ab. Das ist dann doch erlaubt.

Die Damen, bei den Herren eingehakt, fahren mit der Kutsche hinterher.

Jetzt teilen sich die Wolken, die Sonne kommt durch, Friederike blinzelt mit den Augen. Auf dem Dock sitzt eine Möwe und guckt auf die See.

Quellenverzeichnis zu den Textbezügen in: *Iris auf Abwegen oder Ein Streifzug durch die Literatur*:

Alfred Andersch: Die Rote, Zürich 1962/1972 (Diogenes);

Sten Nadolny: Er oder Ich, München 1999 (Piper);

Radek Knapp: Herrn Kukas Empfehlungen, München 1999 (Piper);

Arthur Schnitzler: Die Toten schweigen, 1897, in: Deutschland erzählt, S. 19-34, Frankfurt am Main/ München 1962 (Fischer);

Johann Wolfgang Goethe: Italienische Reise (Rom, 18. Nov. 1786), 1816, Hamburger Ausgabe, Band 11, München 1981/1994 (C.H. Beck);

Walter Kempowski: Hundstage, München/ Hamburg 1988 (Knaus);

Walter Kempowski: Sirius, München 1990 (Knaus).

Bei BoD sind von Stefan Burchert bisher erschienen und erhältlich:

1. Wanderung im Teutoburger Wald; Iris auf Abwegen – Zwei Kurzromane und andere Erzählungen. ISBN 3-8311-2966-5

2. Barmstedt unterwegs (Hrsg. u. teils Autor) – Erzählungen, Schilderungen und Reportagen über Reise, Urlaub, Unterwegs-Sein; 36 Texte verfaßt von elf Autoren der Barmstedter Literaturprojekte www.BaLit.de; (von Stefan Burchert darin die Texte: „Teutoburger Wald", „Lübeck" und „Hallig Hooge").

3. Die Konstantinische Wende – Eine zusammenfassende Darstellung zentraler Aspekte. ISBN 3-8311-2967-3

4. Das Gleichnis vom verlorenen Sohn – Eine zusammenfassende Darstellung zum Verständnis des Gleichnisses. ISBN 3-8311-2968-1